# 花嫁は女戦士

赤川次郎

角川文庫
13678

花嫁は女戦士

目次

# 花嫁は心中しない

# 花嫁は女戦士

# 花嫁は心中しない

# プロローグ

店内には、かなりの大音量で音楽が流れている。

「——今日子《きょうこ》」

と、肩を叩《たた》かれるまで、気付かなかったのはそのせいだ。

「何なの？」

と、今日子は振り向いた。

「また来てるわよ、あの人」

と、エリは言った。「今日子と二人で話せるまで帰らないって」

今日子は奥の席へ目をやったが、途中の椅子席に遮られて見えない。

「——ちょっとごめんなさいね」

と、今日子は客に断って立ち上り、エリの腕を取って、店の奥のドアの方へ急いだ。

「エリ。——店の中で『今日子』って呼ばないでよ」

と、ドアの中へ入ると、今日子は言った。「何度も言ってるでしょ、店の中じゃ、私は

〈あすか〉」

「ごめん。つい忘れちゃうのよ」

と、エリは大して気に留めていない様子。

「エリのことも、店の中では〈エリカ〉って呼ぶから。いい？」

と、念を押して、「あの人って、松本さん？」

「そう。スーツにネクタイなんかしちゃってさ」

「店に入れないってことにしてあったんじゃない？　店長、どこかしら？」

「入口にいるわよ。でも、松本さん、今夜はしっかりお金を持って来てるの。店長に、分厚い札入れを見せてた」

「本当に？」

「店長、ちゃんと手に取って確かめてたもの。しっかり三十万は持ってたよ」

「あの人が三十万？」

「店長も急に愛想《あいそ》良くなってさ、『どうぞどうぞ』って。他の子じゃだめだって」

「困ったな」

と、今日子はため息をついた。

するとそこへドアが開いて、

「〈あすか〉、何してるんだ？　客がお待ちだぞ」

と、店長の黒田がタキシード姿で入って来る。

「店長。あの人のこと、もう入店をお断りするっておっしゃったじゃないですか」

むだとは知りつつ、一応言ってみる。

「それは、金も持たずに来てたからさ。今夜は違う。パリッとしたスーツだし、靴もピカピカだ」

黒田はニヤリと笑って、「札入れには三十万。あれをすっかりいただかないで帰すなよ」

——ここは〈Q〉という名のパブ。

女の子たちは短いキャミソールを着て、客の相手をしている。

金田今日子は〈あすか〉という名で働いている。友人の稲葉エリは〈エリカ〉。

「でも、あの人、お金なんて持ってないはずなのに。どうやって作ったのかしら」

「そんなこと、我々は心配しなくていいんだ」

店長といっても、黒田は二十八歳という若さ。今日子やエリは二十一歳の——本業は大学生である。

「分ったか？　銀行強盗して来たって、金は金だ。使わせる分にゃ、こっちに責任はない。さあ、行って！」

今日子は肩をすくめて、

「はい」

と、返事をした。

気は重かったが、仕方ない。

店の中へ戻ると、今日子は〈あすか〉になる。

〈あすか〉にしたのは、本当の名前が「今日」だから、「明日」を使うことにしたのである。

笑い声と、酔って絡む客のだみ声。――それがタバコの煙でかすんだ店の空気をかき回している。

今日子は奥のテーブルへ行った。

「やあ、悪いね。他のお客が怒ってない？」

松本は、いつも遠慮がちに言う。

しかし、おずおずとしたその態度とは裏腹に、松本の目は笑っていない。真剣に、怖いほどの熱っぽさをこめて、今日子を見つめていた。

「いらっしゃい」

今日子はそれでも、何とか自分に「仕事なのよ」と言い聞かせ、松本の隣に腰をおろした。

「きれいだね、今夜も」

と、松本が言う。

「あら、松本さんがお世辞言うなんて珍しい」

と、今日子は無理をして笑って見せる。

「松本さんこそ、今日はパリッとして別人みたいよ。何かあったの？」

「いや、そういうわけじゃない」

背広、ワイシャツ、ネクタイ。――どれもまだ値札がついているかと思える真新しい品だ。

「似合わないだろ？　でも、デパートの人がね、これをすすめてくれたんだ」

「よく似合うわよ。特にネクタイの色が、上着に合ってる」

今日子が具体的に言ったので、松本はホッとしたように微笑んだ。

「これはね、僕が選んだんだ。――いい柄だろ？」

と、ネクタイを指で持ち上げて見せる。

何よ、その年寄りくさい柄！

そう言ってやりたい気持を抑えて、今日子は、

「ええ、凄《すご》く洒落《しゃれ》てる」

と、肯《うなず》いて見せた。「――ね、何を飲む？」

「僕は――ウーロン茶でいい」

「いつもの通りね」

と、今日子は微笑んだが……。

奥へ注文を通そうとして、

「――松本さん、もし、アルコールが飲めるのなら、ウイスキーかビールを頼んだ方がいいわ。ウーロン茶なんか、一番高くつくのよ」

「いいんだ。君は何でも好きなもの、飲んで」

「ありがとう……」

今日子は、高いブランデーでも頼むのが役目である。――これだけで何万円という請求になる。

今日子は、ウェイターの男の子を呼んで、

「ウーロン茶一つと、私にビール」

と注文した。

「――〈あすか〉ちゃん」

と、松本が言った。「お願いがあってね。今夜はどうしても……」

「店の外でお客さんとお付合いすることは禁じられてるの。ごめんなさいね」

「うん、分ってる。でもそれは、君がこの店で働いてるからだろ？」

「――どういう意味？」

「君はこんな店にいる人じゃない。ね、こんな所から出て、僕と暮そうよ」

松本は、どう見ても本気だ。

今日子の顔から愛想笑いが消えた。

「――松本さん」

と、今日子は言った。「そのお金、どうやって作ったの?」

松本の顔がこわばった。

「これは――給料の前借りだ。本当だよ。何だって言うんだ? 盗んだとでも言うのか?」

段々声が高くなる。

「店の中で大声出さないで。トラブルになったら、それこそ店の思う壺《つぼ》よ。放り出されて、財布は抜かれるわ」

今日子は穏やかに言った。「ね、松本さん、ここにいる〈あすか〉は、架空の女なの。あなたがここに来て、〈あすか〉っていう幻と何時間か楽しく過して帰ってくれるなら、私は精一杯やさしくしてあげるわ。それが仕事ですもの。でも――」

と、ちょっと息をついて、

「あなたが〈あすか〉を店の外にまで連れ出そうとするのなら、帰ってちょうだい。どうやって工面して来たか知らないけど、その三十万円が煙のように消える前にね」

飲物が来た。

「──いただきます」

今日子はビールを一口飲んで、「──さあ、そのウーロン茶を飲んで、帰って。それが一番いいわ」

松本はやや血の気のひいた顔でグラスをじっと見つめていたが、

「──それが君の答えか」

と、無表情に言った。

「ええ、そうよ」

「じゃ、帰るよ」

「その方がいいわ。──三万円置いて行って。法外な値段だけど、それ以下だと、店の方が黙って帰さない」

今日子の言葉を信じたのか、松本は財布から一万円札を三枚抜くと、テーブルに置いた。

「もうこんな所へ来ない方がいいわ」

と、今日子は言った。「〈あすか〉のことは忘れて」

松本は黙って立ち上ると、そのまま行きかけて、ふと足を止め、テーブルの方へ戻って来た。

「──まだ何か？」

と、今日子は言った。

「うん。言っておくよ。僕は諦《あきら》めない。決してね。生きるのも死ぬのも、二人は一緒だ」

「松本さん——」

「今日は帰るよ。でも、今僕の言ったことを憶《おぼ》えていてくれ。——金田今日子君」

凍りついたように目を見開いたままの今日子を後に、松本は足早に店から出て行った。

「——おい、〈あすか〉、何してるんだ！　あいつをどうして帰しちまったんだ？」

店長の黒田がやって来て文句を言ったが、今日子の耳には入らなかった。

「あの人……」

「何だ？」

「あの人、私の本当の名前を知ってたわ。本当の名前を……。どうしよう！」

と、今日子は胸に手を当てた。

「大方、帰り道で待ってて後を尾《つ》けたのさ。気にするな」

そういうわけにはいかなかった。

名前を知っているということは……。

もし、住所や電話番号も知っているとしたら？

今日子は、いやな予感を振り払おうと、残っていたビールを一気に飲み干した。

# 1　トラ、トラ、トラ！

「トラ、やらない？」

いきなりそう言われて、亜由美《あゆみ》はつい、

「私、そんなに大酒飲みじゃないわよ」

と答えていた。

「トラって、酔っ払いのことじゃないわ。エキストラのことよ」

「分ってるわよ！　ちょっと——ジョークを言ってみただけ」

と、亜由美はあわてて言った。

「映画？　ＴＶ？」

と、訊《き》き返したのは、塚川亜由美の親友、神田聡子《さとこ》。

「そういうんじゃないの。生出演」

「それって何なの？」

——大学のキャンパスは、至ってのんびりした空気に包まれていた。

塚川亜由美と神田聡子の二人はもともとのんびりしているのだが、この時期、秋の前期テストも終って、大学はホッと一息入れているところだ。

「——あのね、金田今日子って知ってる？」

「三年生の？　知ってるよ。去年の文化祭で〈ミス文学部〉になった……」

と、亜由美が言うと、聡子が肯《うなず》いて、

「そうそう、亜由美が予選で落ちたコンテストね」

「ちょっと！　あれは聡子が勝手に写真出したんじゃないの。それもひどい写真を」

「あら、可愛いと思ったのよ」

「寄り目にして鼻の穴広げてる写真を出すなんて、悪意としか思えない」

「ちょっと、ちょっと！」

と、話を持って来た前田麻美《あさみ》が笑って割って入ると、「ケンカは後にして。あなたたちって本当に面白いわね」

「麻美、あんた、人のことからかいに来たの？」

と、聡子がにらむ。

「違うわよ。〈トラ、トラ、トラ！〉エキストラ探し」

「〈ミス文学部〉とどういう関係があるの？」

「あのね、金田さんの婚約者が明日、この大学へやって来るの」

「婚約してるの？　まだ二十歳か——」

「二十一。でもね、金田さん、故郷がかなり山奥なの。で、小さいころからのいいなずけがいて、そこはその地方きっての名門なんですって」

「へえ」

「その彼氏と、ご両親とか兄弟とかが、金田さんの大学での生活ぶりを見に、上京して来るらしいの。ま、跡取り息子の嫁としてふさわしいかどうか、確かめに来るってわけね」

「浮世ばなれした話ね」

と、亜由美が首を振って、「うちは名門じゃなくて良かった」

「あんたのとこのドン・ファンは、自分が名門の血筋と思ってるんじゃない？」

ドン・ファンとは、亜由美の家に同居しているダックスフントのこと。

「話をそらさないで。——麻美、続けて」

「うん、それでね、金田さんって、一人暮しでしょ。何かとお金もかかるんで、バイトが忙しくてクラブにも入ってないの。そうすると、どうしても友だちができないわけね」

「〈ミス文学部〉でも？」

「あれだって、賞金が欲しくて応募したらしいわよ」

と、麻美は言った。「それに、男の子の友だちが沢山いたって、明日の場合は困るわけよ」

「あ、そうか」

「だから、亜由美たちにさ、明日、その婚約者たちがやって来たときだけ、金田さんの『お友だち』になってほしいの」

「それでエキストラか」

と、聡子は面白がっている。「やろう、やろう！」

「ね、一日で一万円出すって」

「それって、凄《すご》いバイトだ」

「待ってよ」

と、亜由美が言った。「友だちのふりをするのって、難しいわよ。だって、金田今日子さんは先輩よ。明日だけ、『やあ、今日子』なんて言うわけ？　事情を知らない子が見たら変だと思うわ」

「でも、そこは何とか……」

「後輩として、ってことでいいじゃないの。何かクラブに入ってることにしてさ。後輩に慕われている、よくできた先輩ってことにすれば？」

「それ、いいかも」

と、麻美が肯いて、「あ、金田さんが来た。話してみるね、今のこと」

キャンパスの芝生を、金田今日子がやって来る。――つい目をひかれるほど、一種のオーラを漂わせた女の子である。

「——金田さん！　今、亜由美たちに話してたんです」

「無理なことをお願いしてごめんなさい」

と、金田今日子は少し照れた様子で言った。

麻美の話を聞いて、今日子は、

「もちろん、それで結構よ。——お願いできる？」

「料金が魅力で——」

と、聡子が言いかけるのを、亜由美は遮って、

「喜んでお手伝いします。でも、一日一万円の日当なんていりません」

と言った。「お一人で、生活費もかかるでしょう？　お礼は、一度学食のラーメンをおごっていただくだけで充分です。ね、聡子？」

「え……。まあ……そうです……ね」

と、聡子はむくれている。

「まあ、ありがとう！　正直、そう言ってもらえると嬉《うれ》しいわ。他にも四、五人お願いしたので、お金がかかって大変なの。お二人とも学食のランチで許してくれる？」

亜由美につつかれ、聡子は泣く泣く、

「もちろん、いいです」

と言わされてしまった……。

「午後の授業よ」

と、今日子が言った。

亜由美たちは一緒に講義棟へと向った。

一階の入口を入ると、そばが事務室。

「あ、金田さん」

と、事務の女性が呼び止めた。

「はい」

「あのね、何だかよく分らないんだけど……」

「何のことですか？」

「電話があったの。『金田あすかさん、呼んで下さい』って」

それを聞いた今日子の顔がサッと青ざめるのに、亜由美は気付いていた。

「あなた以外に、三年生で金田さんっていないのよね。『金田今日子さんの間違いじゃありませんか』って訊いたんだけど、『金田あすかさんです』って言い張るの。で、『そういう学生はいません』って言ったら、電話切ったけど。——何か心当りある？」

今日子は首を振って、

「ありません。人違いでしょ」

と言うと、「授業があるので」

と、足早に行ってしまった。

「亜由美……。見た？」

「聡子も？」

「うん。金田さん、青ざめてたね」

「何かあるね」

とは言いながらも、亜由美たちも遅れないように教室へと急がなくてはならなかったのである……。


ほんの少し、予定より早かった。

その、「ほんの少し」が、大きな違いとなって現われてしまったのである。

「――お疲れさま」

と、声をかけ合って、帰って行く社員たち。

といっても、普通の会社のＯＬたちではない。

今の今まで、せっせとお弁当を作っていた女たちである。

「明日は、日曜日の運動会の弁当の仕込みだ。頼むよ」

と、社長の西川は老眼鏡を外して女たちに声をかけた。

秋の日曜は、企業の運動会などでは、こういう出前専門の弁当屋に注文してくることが多い。

「稼ぎどきね」

「休暇を取るなんて言い出さんでくれよ」

と、西川は笑って言った。

「松本君、帰らないの？」

と、声をかけられて、松本圭太《けいた》は電卓を叩《たた》いていた手を止め、

「もう少しやっておかないと、明日が大変ですから」

「ご苦労さん。あんまり働くと、体をこわすわよ」

二十四歳の松本圭太から見ると、ほとんどが母親くらいの年齢。その分、松本は可愛がられていた。

社長の西川は、何となく机の上を片付けるような格好をして、女たちが帰って行くのを待っていた。

五十代半ばの西川泰治《やすじ》は、十年前から弁当屋を始めて、大いに当てた。チェーン店も十店以上持っているし、同業者がドッとふえても、売上げが落ちないのが自慢である。

松本は高校を出て、この店に入社して来た。

既に六年。この一年ほどは、経理を任されていた。

女たちが全員帰ったのを確かめると、西川は、仕事を続けている松本のそばへやって来

た。

「——どうだ、松本」

「え？」

「順調か？」

「ええ。——このところ、売上げが伸びています」

「そうじゃない」

西川は隣の空いた椅子を引いて来て座ると、「お前のことを訊《き》いてるんだ。何か問題はないのか？」

西川の顔は厳しくなっていた。

まさか。——やめてくれ。

よりによって、今夜？

「別に何もありませんけど」

と、松本は答えた。

「そうか」

西川は、ちょっと息をついて、「——今日な、たまたまK商店へ寄った。近くへ行く用があったんでな。先方が俺の顔を見て、心配そうに言ったよ。『大丈夫ですか？　うちはひと月ぐらい支払いが遅れても何とかなるから』ってな。びっくりした。食材の卸しの店に支払う金がなくなったことは一度もない」

松本は、さりげなく引出しを開けた。

「聞けば、お前が言いに行ったそうだな。『社長の代りに来ました』と言って。――先方も、お前のことを信用して、話を聞いたんだ。分ってるのか？　お前はその信用を裏切ったんだ」

――あと一日だったのに。

松本は深く息をついた。

仕方ない。これも運命か。

「三十万の金、どうしたんだ。何に使った？　話してみろ。正直に」

「社長……」

「俺はずっとお前の仕事ぶりを見て来た。そして、若いのに堅実で、真面目な奴だと思ったんだ。だから金の扱いも任せた。しかし――早過ぎたかもしれんな。お前も二十四の男だ。言ってみろ。何に使った。――女か」

松本は黙って肯《うなず》いた。

「――そうか。分った。若いころにはありがちなことだ」

と、西川は言った。「三十万以外には？　他にも使ったのか？」

「いいえ」

「よし。正直に話してくれて良かった。三十万の金は、俺がポケットマネーで穴埋めしておく。一度だけだぞ。二度とやるな」

西川は立ち上ると、松本の肩を叩いて、「そんなにいい女なのか？　一度会わせろ」

と笑った。

西川が背中を向けると、松本は立ち上った。

右手に、書類の束に穴をあける千枚通しが握られている。

松本は力をこめてその尖《とが》った尖端《せんたん》を西川の背中へ突き刺した。

西川がハッと息をのむ。

「明日なら良かったんです」

と、松本は言った。「明日、出て行くつもりだったのに……」

西川の体が、冷たい床の上に崩れ落ちる。

「——あと一日だったのに」

と、松本はポツリと呟《つぶや》いた。

# 2 面接

「全く、もう！」

と、宮前由子《ゆうこ》は何度も文句を言った。「頼りにならない人ばっかり！」

「そう怒らないで」

と、なだめたのは、息子の宮前英雄《ひでお》である。

「怒らずにいられますかって」

と、由子はため息をついて、「せっかく、英雄の婚約者に会いに上京して来たっていうのに」

「お母様は声が大きいんだから。――みんな見てるよ」

「勝手にさせとけばいいわ。名門の人間というのは、下々《しもじも》の人間が何をしていようが無視していればいいんです」

――大学のキャンパスでは、その二人はいやでも目立った。

和服姿の宮前由子は五十歳。堂々たる貫禄《かんろく》のある体つきで、周囲を圧倒する迫力があった。

息子の宮前英雄にしても、二十六歳の割には童顔なので、大学生でも通っただろうが、背広にネクタイという格好で大学に通う者はあまりいない。

「——彼女はどこにいるの？」

「大学で、って待ち合わせたのよ。でも……ちょっと分りにくい所ね」

と、宮前由子は足を止めた。

「誰かに訊いてみる？」

と、英雄が言うと、

「とんでもない！　宮前家の人間が人に教えを請うなんて、とんでもないことです」

「それとこれとは……」

と、英雄が口ごもる。

すると、そこへ、

「失礼します」

と、女の子が一人、急いでやって来ると、「宮前さんですか？」

「ええ。あなた、今日子さん？」

「違います。後輩です。今、金田さんを呼んで来ます」

と、また駆け出して行く。

「忙しいのね、東京は」

と、由子が呆《あき》れたように言った。

「お母様」

と、英雄が言った。「今日子さんのこと、分らないの?」

「分るわよ!」

と言い返して、「でも──何しろ、五年ぐらい会ってないからね。大分変ってるかもしれないでしょ」

「それにしたって……。僕の奥さんになるんだよ。無責任じゃない?」

「会えば分るわよ」

と、由子は言い張った。

キャンパスの芝生を、七、八人の女子学生たちが、にぎやかに笑い声をたてながらやって来る。

「──あれかな」

「らしいわね。──女の子のくせに、大口開けて笑って! 恥ずかしい」

と、由子は顔をしかめたが、

「見て! TVドラマの通りだ!──みんなお洒落《しゃれ》で、可愛い!」

英雄はただ呆然《ぼうぜん》と見とれるばかり。

「英雄! 口を閉じなさい! みっともない!」

と、由子がつついた。

「――お待たせしてすみません」

と、落ちついた感じの娘が進み出て、「金田今日子です」

「まあ、今日子さん、すっかり大人になって……。憶《おぼ》えてる？」

「はい。宮前由子さん……ですね」

「そう。今日はね、英雄をあなたに引き合わせて、宮前家のみんなにも、あなたを見てもらおうと思ってね」

「他の皆さんは……」

と、今日子が言った。「どこか他の所でお待ちですか？」

「それがね……。ちょっと、慣れない旅で体調を崩して」

と、由子が言うと、英雄が代って、

「ゆうべ飲みすぎて、みんなダウンしちゃったんだ。ホテルの冷蔵庫のビールも何も、全部飲んじゃって」

聞いていた聡子が、

「ダサい」

と、呟いた。

「――英雄さんですね。金田今日子です。この子たちは、お友だちやクラブの後輩で」

ここぞとばかり、亜由美が一歩前に出て、

「金田さんは本当にすてきな先輩なんです。クラブのみんなに慕われてるんです」

とアピールした。

「ちょうどお昼休みですから、よろしかったら、学生食堂で何か召し上りませんか？」

と、今日子が訊《き》くと、

「そうね。——たまにはそういう雑な食べものもいいかも……。英雄、あなたは胃がデリケートにできてるんだから、おかゆか何かにしておきなさい」

学食に「おかゆ」はないだろうが……。

「じゃ、ご案内しますわ」

と、今日子が言ったが——。

「英雄、どうしたの？」

と、由子に訊かれて、英雄はハッと我に返り、

「お母様！　僕、この人がいい！」

と、真直ぐに指さしたのである。

——亜由美を。

「何がおかしいのよ！」

と、亜由美は怒鳴った。

「おかしくないよ。笑ってるだけ」

と、聡子は言った。「ハハハ。——ね、ドン・ファン？」

「ワン」

「あんたまで、飼主の私を馬鹿にするのか！」

亜由美は八つ当りをしている。

大学から帰って、一緒について来た聡子が、今日の出来事を、母、清美《きよみ》に報告したのである。

「でも、一目惚《ひとめぼ》れするなんてね、亜由美に」

と、清美が言った。「変った人ね、本当に！」

「お母さん！」

「怒ることないじゃないの。向うが勝手に惚れただけなんだから」

「だからって、腹を立てずにいろって言うの？」

「でもさ」

と、聡子が言った。「あの宮前家って、凄《すご》い金持なんですってよ。山をいくつも持ってて」

「まあ、いいじゃないの」

と、清美がまた無責任に、「未亡人になれば、好き勝手して遊べるわ」

「山と結婚する気にはなれないわ」

と、亜由美は肩をすくめた。「私の好きなのは、『山』じゃなくて『谷山』」

谷山とは、目下、亜由美と交際中の大学の助教授。

「大体いやよ、あんな男！　『お母様』とか言っちゃって。二十六だっていうのに、何も働いてないっていうのよ」

「亜由美、結構ちゃんと考えてるじゃない」

「金田さんの代りに考えてあげたのよ」

「そういえば、金田さん、本当にあの人と結婚するのかしら？　もったいないわね」

——夕食は聡子も一緒に食べていくことになった。

「——ワン」

食事を始めて間もなく、玄関のチャイムが鳴った。

「クゥーン……」

ドン・ファンの声音が変った。

「訪問者は女性ね」

と、亜由美は玄関へ行って、「どちら様ですか？」

「金田今日子ですけど……」

亜由美はびっくりしてドアを開けた。

「金田さん！——どうぞ」

「ごめんなさい、突然」

金田今日子の表情は、こわばっていた。

「ちょうどご飯なの。一緒にいかが？」

と、清美がすすめる。

「いいえ、とても——食べる気になれません」

と、今日子が言うと、

「なれます！」

と、清美が言った。

「——は？」

「食べるってことは、元気の素、人間の基本的な行為です。何があろうとお腹は空《す》く。失恋してもお腹は空く。百万円落としてもお腹は空く。ご飯を食べてもお腹は空く」

と、清美は言った。「いけません、食べなくては。希望は空っぽのお腹からは生れて来ません」

聞いていた今日子が、ふっと微笑んで、

「分りました。いただきます」

と、頭を下げた。

## 3　ある事情

実際、食事を取ってみると、今日子はご飯もおかわりして、たっぷりと食べた。

「――ごちそうさまでした」

と、今日子ははしを置いて、「生き返ったような気がします」

「どうしていいか、分らないほどの悩みなんて、そうないものですよ」

と、清美は言った。「さあ、食後のコーヒーをいただきながら、あなたのお話を伺いましょ」

何だか楽しいお茶会のようになってしまった。

「――実は」

と、今日子はコーヒーを一口飲んで、「私、困ってるんです」

「あの婚約者のことですか？」

と、亜由美が言った。

「まあ、それも関係あります」

と肯《うなず》いて、「亜由美さんみたいな、手強《てごわ》いライバルが出現したんで、それも心配ですけど」

　と、微笑んだ。

　清美が真顔で、

「ご心配なら、三年くらいこの子を座敷牢《ろう》へ閉じこめときましょうか？」

　と言った。

「お母さん！　自分の娘を閉じこめようっての？」

「殿永さんに頼んで、留置場でもいいけど」

「やめてよ、もう！」

　と、亜由美がむくれる。

「殿永さんとおっしゃるのは……」

「刑事さんなんです。以前から、この子は警察と縁があって」

「人聞きが悪いでしょ！」

「それを聞いて、こうして伺ったんです」

　と、今日子が言った。「頼れる人がいなくて……。力になって下さい」

　と、頭を下げる。

「金田さん……。何ですか、一体？」

「事務室へかかって来た電話。あなたも聞いてたでしょ？」

「ええ、昨日のですね。金田……なんていいましたっけ」

「〈金田あすか〉」

「あ、そうだ。でも、それが何か——」

「あれは私あての電話なの」

「〈あすか〉って？」

「自分の名が〈今日子〉なんで、〈あす〉にして、〈あすか〉。——あるお店の中で、その名を使っているの」

「お店って？」

「ランジェリー・パブ。下着——キャミソールを着て、お客さんの相手をするお店」

今日子は頰を染めて、「お恥ずかしい話ですけど」

「人には事情というものがあります」

と、清美が言った。

「ええ……。私は家から一切仕送りがありません。店員やビル掃除など、いくつもバイトをしてやっと暮していました。大学へ入ったばかりのころ、ルームメイトの、やっぱりあまりお金のない子が、交通事故で大けがしたんです。入院費、手術費と、何十万円もかかって……。とても、そんなお金はありません」

「それで、その仕事を？」

「他に、そんなお金になる仕事はありませんでした。でも、そこなら少なくとも体に触れたりしない。——中にはお金をもらって何でもやる子もいますけど、そこまではしたくなかったので」

「お友だちは？」

「退院して、今は故郷へ帰りました。私に感謝してくれています。私はもちろん、お金を返してもらおうなんて思っていません。ただ、一旦《いったん》その仕事についたら、やめられなくなってしまったんです」

「分ります」

「大学に、こんなバイトしていることが知れたら退学でしょう。不安でしたが、何とか続いていました。そこへ、松本さんという若い男の人がお客でやって来て、何だか私のことを本気で好きになってしまったんです。お店の中で〈あすか〉として付合うだけだと何回も言いましたが、その人は聞いてくれません」

「遊び慣れていない人ね。えてして、そんなことになりがちですよ」

と、清美は肯いた。

「でも、松本さんはやはり大してお金がないので、お店の方で断るようになりました。それがこの間、三十万も持って、新しいスーツでやって来たんです」

今日子は、そのときのいきさつを説明した。

「——まあ、心配ね」

と、清美が言った。「本名も大学も分っているってことですね」

「そうなんです」

今日子は自分のバッグを開けると、折りたたんだタブロイド判の夕刊紙を取り出した。

「今日、地下鉄の駅で、たまたま隣に立ってる人が読んでいるのを見て……。まさか、と思ったんですけど」

テーブルに置かれた新聞を、亜由美たちみんなで覗《のぞ》き込んだ。

「〈編集者、海外の出張先で盲腸に〉ってやつ?」

「違うわよ、聡子。この大きい記事」

〈弁当店の主人、刺されて重体〉

犯人の写真がのっている。

「松本圭太、二十四歳か」

「この人なんです。間違いなく」

と、今日子は深くため息をついて、「刺された人が、一命を取り止めたようで、それだけが救いですけど」

「店のお金三十万円を使い込んだ……。金額も合ってますね」

「逃亡中だって」

亜由美と聡子は顔を見合わせた。

「――殿永さんの出番ね」

と、清美が言った。「ケータイにかけて、呼びましょう」

「お母さん、殿永さんのケータイの番号なんて、知ってるの」

「当り前よ。メールのやりとりもしてる仲なの。〈メル友〉ってやつ」

それを聞いて、亜由美はソファから落っこちるところだった……。


自分の都合で、部長刑事を呼びつける清美も大したものだが、ノコノコやって来る殿永も、まあ少々変っている。

「――なるほど」

話を聞いて、殿永は肯くと、「そういうことでしたか」

「私のせいで、松本さんも、刺されたお店の主人もとんでもないことに……」

と、今日子が目を伏せると、

「あなたが申しわけなく思う必要はありません！」

と、清美が力強く言った。「人間、他人がどう思うかなんてことまで、責任は取れませんよ」

「その通りです」

と、殿永が言った。「松本のしたことは、松本の責任です。あなたには何の罪もない」

「でも……」

「問題は、逃げてる松本ってのが、金田さんを狙ってくるかもしれないってことね」

と、聡子が言った。「でも、却《かえ》って、待ち構えといて、ヤッと捕まえるって手もあるわ！」

「だけど、大学の中でそんなことになったら、金田さんのアルバイトのことがばれちゃう」

と、亜由美が言った。

「あ、そうか」

「そこは殿永さんにお願いするのよ！」

と、清美は殿永の背中をポンと叩《たた》いて、「ね、金田さんが大学をやめさせられないように、うまくやってあげてよ。〈殿ちゃん〉！」

「〈殿ちゃん〉？」

「メールのときの宛名でして」

と、殿永は言った。「我々も、もちろん必要もないのに人のプライバシーを暴きはしません」

「どうかお願いします」

と、今日子は頭を下げた。「もう、あのバイトはやめます。三年生にまでなったんです。何とか卒業したいんです」

「金田さん、成績も凄《すご》くいいのよね」

と、聡子が言った。「卒業のときは総代じゃないかって言われてる」

「しかも、去年は〈ミス文学部〉」

「どうして、あんたとはこうも違うの？」

と、清美が亜由美に向って言った。

「人はそれぞれでしょ！」

「まあ、落ちついて」

と、殿永が苦笑して、「亜由美さんも、とてもチャーミングですよ」

「あら、それじゃ私は？」

と、聡子が口を挟む。

「いや、もちろん神田さんも――」

「ワン」

「俺はどうなんだ、ってドン・ファンが言ってるわ」

「まさか」

――亜由美と聡子のやりとりで、雰囲気は大分明るくなった。

「ともかく、松本圭太を早く逮捕することですね」

と、殿永は言った。「そのために、金田さんに力を貸していただくことになるかもしれません」

「できることがあれば。その方が松本さんのためにもいいことですよね」

「でも——」

と、亜由美が思い付いて、「あの、妙なお坊っちゃん……。宮前さんっていいましたっけ？　あの人たちは……」

「もちろん、バイトのこと、今度の松本さんのことも、知られたら私と宮前英雄さんの縁談は破談です」

「でも、金田さん。こんなこと言ったら叱られるかもしれないけど……」

と、亜由美は言った。「あの宮前って人、金田さんの相手にふさわしいと思えないんですけど」

「私も、ほとんど知らないのよ。何しろ会ったのは今日が初めてだし」

と、今日子は言った。「ただ、故郷では小さいころからのいいなずけは絶対なの。——今、母は一人で暮してる。その母の楽しみは、私が大学を出て帰郷し、宮前家の嫁になることなの」

「でも、もったいない！」

と、亜由美はつい言っていた。

「ワン」

ドン・ファンも、タイミングよく同意したのである。

# 4　運命の出会い

「金田さん」

大学の事務室の窓口から呼び止められて、今日子は振り向いた。

「はい」

「さっきお電話があって」

「何でしょう？」

「ええと……。松本さんって人」

今日子は息をのんだ。

「それで……何か言ってましたか？」

「あのね、大学の正門前の〈R〉って喫茶店で待ってますって」

「——分りました」

今日子は、少し離れて立っていた亜由美たちの方を見た。

「来ましたね」

「ええ……。どうしたらいい？」

「殿永さんに連絡します。すぐ駆けつけてくれますよ」

「そうね……。でも、私があの人を騙《だま》すみたいで……」

「そんなこと！　大丈夫ですよ」

今日子は、どうしても気が咎《とが》める様子だった。

亜由美はケータイで殿永へ連絡を入れた。

「――よろしく。――二十分後に、〈R〉へ着くって」

「私、自首してくれって勧めてみようかしら？」

「いきなり刺されたら、どうするんです？」

「それはそうだけど……」

「二十分したら、〈R〉へ行きましょう。待たせておけば大丈夫」

と、亜由美が言っていると、

「ちょっと、亜由美！」

と、聡子がつつく。

「何よ、くすぐったい」

「呑気《のんき》なこと言ってる場合じゃないわ」

聡子が指さした方を見ると――まずい！

「宮前さんだわ」

あの母と息子が、相変らずの格好で連れ立ってやって来る。

「金田さん、捕まると〈R〉へ行けなくなりますよ。隠れて!」

「でも――」

「私が適当に相手してます」

と、亜由美が言って、「聡子、頼むよ」

「OK、任しときな」

聡子は今日子を促して、講義室の方へ連れて行った。

「――まあ、昨日はどうも」

亜由美は、校舎を出て、宮前母子にバッタリ出会った、という格好で、声をかけた。

「やあ、亜由美さん」

宮前英雄は、亜由美を見ると、顔をほてらせている。

「金田さんは?」

と、宮前由子が訊《き》く。

「今、授業中です。待ちますか?」

「もちろん。――時に、塚川さん、でしたっけ」

「はあ」

「ご予定を聞かせて下さい」

「ご予定って……。〈ご〉をつけるほどのもんじゃないですけど」

と、亜由美は言った。「でも、聞いてどうするんです？」

「だって、結婚式の日取りを決めるのに、当人の都合が悪くちゃ困るでしょ」

亜由美はあわてて、

「ちょっと！　待って下さいよ！」

と言った。「私と結婚？」

「予定とは違いますが、ゆうべ親類一同、よく話し合った結果、英雄を惚《ほ》れた女と一緒にしてやろうってことになったんです」

「なった、って……。そんなこと、勝手に決めないで下さい！」

「何か都合の悪いことでも？」

「あのね、私の方にも、選ぶ権利ってもんがあります！」

「それなら大丈夫」

「――何が？」

「英雄のことは誰でも気に入ります。ともかく、故郷では〈ミスター卵〉になったくらいですもの」

「〈ミスター……卵〉？」

「そう。卵をよく食べるっていうことで、故郷では何より名誉なことで……」

「私、用を思い出して！」

亜由美は思わずその場から逃げ出していた——。


「お待たせして」

殿永が車から降りた。

他に刑事が三人。

「じゃ、金田さん、中へ入りましょう」

「はい」

今日子は硬い表情で肯《うなず》いた。

亜由美は、あの宮前母子がいつ追いかけて来るかと、気が気でなく、キョロキョロ辺りを見回している。

「——亜由美、怪しげだよ、あんたの方がよっぽど」

と、聡子がつつく。

「放っとけ」

——今日子は、〈R〉の自動扉が開くと、中へ入った。

そして……店の中を見回した。

奥の席で、一人の若者が立ち上った。

「あれですね」

と、殿永は言ったが――。

「違います。あの人じゃないわ」

今日子は、その若者の方へ歩み寄って、「――あなたは？」

「松本勇士《ゆうじ》です。圭太の弟です」

「弟さん？　似てると思った！」

「兄のこと、ご存知ですね」

「ええ……」

思いがけない成り行きに、亜由美たちも顔を見合わせている。

「――この人たちは？」

と、松本勇士が訊く。

「あの……刑事さん」

「兄を捕まえるための？　そうですか」

と、表情をこわばらせ、「兄はあんたのせいで、お店の金に手をつけ、人まで刺したんだ！　それなのに、あんたは兄を警察へ売ったんだな！」

と、怒鳴った。

「待って！　それは違うわ」

「何が違うんだ。兄は手紙で言ってよこした。あんたがどんなに素敵な人か。兄は初めて本気で恋をしたんだ」

と、勇士は怒りをこらえて、「――兄がここにいなくて良かった。恋人に裏切られるなんて、可哀そうだ！」

そう叫ぶと、今日子を押しのけ、店から出て行く。

「――気の短い奴」

と、亜由美が言った。

「おい、追いかけて止めろ」

殿永が言いつけると、若い刑事があわてて駆け出して行った。

「――私のせいだわ」

「金田さん」

「私がいけないんだわ……」

今日子は深々とため息をついた。

「――ただいま」

亜由美は玄関を入った。

「お帰り」

清美が出て来て、「お客様がお待ちよ」

「私に？　誰？」

「あんたのフィアンセと、その母」

亜由美は、転びかけた。

「──勝手な奴」

と、ドン・ファンと二人で覗《のぞ》くと、亜由美は呟《つぶや》いた。

居間のソファで寛《くつろ》いでいるのは、宮前英雄と、母、由子。

「どうぞお茶でも」

と、清美がお茶を出す。「もう亜由美も戻ると……」

「とても奥床《おくゆか》しいお嬢様で」

「はあ」

「息子への恋心を、素直に表わすのを恥ずかしがっておられるんですわ。見た目は格別美人でもございませんが、まあ、あれくらいの方が見飽きなくていいかも……」

聞いていた亜由美は頭に来た。

「──行きな」

と、ドン・ファンへ囁《ささや》く。

「ワン」

ドン・ファンが居間の中へと飛び込んで行く。

居間に、由子の悲鳴が響き渡ったのは、数秒後のことだった。

亜由美が覗くと、ソファに仰向《あおむ》けに押し倒された由子の上にドン・ファンがのっかって、その顔をペロペロとなめていたのである……。

「口直ししなきゃ」

と、ドン・ファンが言った――かどうか分らないが、

「よくやった」

と、亜由美が台所で出してやったカスタードプリンを、ドン・ファンはアッという間に平らげた。

「亜由美」

と、母の清美が顔を出し、「お客様がお待ちよ」

「あの二人、まだ帰らないの?」

と、亜由美は呆《あき》れた。

「お母さんの方が、ドン・ファンになめられて崩れたお化粧を、今まで三十分かかって直してらしたの」

「ずいぶんヒマな人なのね」

「ともかく、お話ぐらいは……」

と、清美が言った。「あんまり待たせとくと、お父さんが帰って来るわよ」

それを聞いて、亜由美は、

「すぐ行く！」

――父が入ると、話がこじれる可能性大。

亜由美は居間へ入ると、

「お待たせいたしました」

と、ていねいに言った。「愛犬が大変失礼をいたしまして」

「いえいえ」

由子は平然と澄まして、「可愛い犬ですわ。ちゃんと美人を見分ける目を持っておられるのね」

亜由美は必死で真顔を保ち、

「わざわざおいでいただいて、恐縮ですが、私、英雄さんと結婚する気は全く、全然、これっぽっちもございません。お引き取り下さい」

亜由美の言い方は、どう見ても誤解の余地のないものだった。

しかし、初めから考え違いしている人間というのは、正しい理解など拒否しているのである。

「それはできません」

と、由子が言った。

「どうしてです?」

「宮前家の人間は、一旦《いったん》言い出したこと、決して引込めたり取り消したりしてはならないと家の掟《おきて》にあります」

「うちにも掟が」

と、亜由美は言った。「好きでもない相手と結婚してはならないと……」

「それに、もう一つございます」

と、由子が言った。

「もう一つ?」

「あの足の短い犬は、私に一目惚れしたようです」

亜由美は面食らって、

「一目惚《ひとめぼ》れって……」

「私も、突然のことで、はしたなく声など上げてしまいましたが、落ちついて考えますと、大変可愛い犬だということに気が付きました。——息子も大きくなりまして、母親に甘えてはくれません」

充分甘えてるわ、と亜由美は言ってやりたかった。

「この子があなたと結婚したら——」

しないって言ってるのに！

「私も寂しくなります。あの犬が、私のこれから先の人生の慰めになるかもしれません」

「あのですね。あの犬は我が家の飼犬でして」

「分っています。おいくら？　百万？　二百万？」

亜由美は今度こそ頭に来た！

「お帰り下さい！」

と、怒鳴って、息子の方の腕をつかんで立たせると、玄関へと押しやった。

「帰って！　ドン・ファンは、我が家にとって、かけがえのない犬なんです！　お金じゃ買えません。たとえ何億円積まれてもね！」

「――仕方ありませんね」

と、由子は大してショックを受けている風でもなく、「じゃ、英雄、また出直しましょ」

出直して、何するのよ！

亜由美は、帰って行く宮前母子の後ろ姿を見送って、

「塩まいてやる」

と呟いた。「あんな奴、塩がもったいない！」

「クゥーン」

ドン・ファンがいつの間にやら足下へ来て体をこすりつけてくる。

「ドン・ファン。——大丈夫よ。あんたをあの変なおばさんの所へなんか、決してやらないからね」

「ワン」

「何億円積まれても、とは大きく出たわね」

と、清美が言った。「もらっといて、後でドン・ファンが抜け出して帰って来るって手もあるわ」

「そうか……。一億なら考えてもいいか」

言われてもいないのに、考え込んでいる亜由美だった。

# 5　計　画

何の変哲もない公園だった。

今どき、団地の中にだって、もっと広くて子供や母親たちでにぎわう公園がいくらでもある。

ここは、近くに大きな企業の社宅があるというのに、このお昼過ぎの時間に人っ子一人いないで、静まり返っている。

「——変らねえな」

公園へ入って来ると、松本勇士はそう呟《つぶや》いて、古ぼけたベンチに腰をおろした。

そして、公園の周囲のアパートや住宅の隙間に窮屈そうに顔を覗《のぞ》かせている青空を見上げた。

昔から、ここからはいびつな形に区切られた空しか見えなかった。

「兄さん……」

と、松本勇士は呟いた。「どこにいるんだよ」

まるで、その呟きを聞いていたかのように、電話のベルが聞こえて勇士はびっくりした。

立ち上って見回す。

公園を出て、音のする方へ急ぐと、大分古ぼけた電話ボックスがあって、その中の公衆電話が鳴っていたのだ。

間違いか?

しかし、何となく気になって、勇士は中へ入って受話器を取ってみた。

「もしもし?」

「勇士か」

「兄さん!」

勇士の頰が紅潮した。「どうして分ったの?」

「もし俺がお前の立場なら、どこへ行くかと思ってな。きっとその公園にいると思ったよ」

「兄さん……。どこにいるんだ? 逃げるんだろ? 手伝うよ」

「ありがとう。しかし、お前を巻き込むのは……」

「何言ってるんだ! 逆の立場なら、僕を助けてくれるだろ。兄弟じゃないか」

と、勇士は言った。

「嬉《うれ》しいよ」

「――どこだ?」

と、松本圭太は言った。「だけど、お前が俺のせいで刑務所行きにでもなったら、やっぱり辛《つら》い」

「兄さん……」

「それじゃ、一つだけ頼まれてくれ」

「何でも言ってくれ」

と、勇士は張り切って言った。

「あの女のことだ。金田今日子。——彼女を呼び出してくれないか」

「兄さん——」

勇士はためらった。「だけどあの女は——」

「何もしやしない。安心しろ」

と、圭太は笑って、「逃げる前に、一度だけ顔が見ておきたいんだ。そう言えば分ってくれる。俺のことを心配してくれてる。いい女なんだ」

勇士は、その「いい女」が、刑事を連れて兄を捕まえに来たことを話してやろうと思った。

しかし、それを聞いた兄がどんなに嘆くかと考えると、言葉にならない。

「——勇士、聞こえるか？」

「うん、聞いてる」

勇士は、ちょっと息をついて、「――どうしたらいい?」

「今夜、八時に有楽町の〈シネマS〉で待ってる、と伝えてくれ」

「〈シネマS〉って、映画館か?」

「そうだ、そこで八時。分ったか?」

「――分った」

「お前は来なくていい。いいな? 彼女だけ来てくれればいいんだ」

「うん、分ったよ」

「じゃあ……」

「兄さん!」

と、呼びかけたものの、言うべき言葉は見付からない。

「――心配するな」

「兄さん……。俺は……」

「俺が刺した社長、大丈夫か」

と、圭太は言って、「自分で刺しといて、『大丈夫か』もないもんだな」

と笑った。

「命は取り止めたって」

「良かった。――親切にしてくれた、いい人なんだ。あんなこと、するつもりじゃなかったけどな」

「兄さん……」

「じゃ、頼んだぜ」

「兄さん、また……連絡してくれ」

「ああ。必ずするよ。長距離になるかもしれないけどな」

「高飛びかい？　アメリカへでも？」

「もっと遠くさ。それじゃ、元気でいろよ」

「うん……。兄さんも元気で——」

もう切れている。

勇士は受話器をフックへかけると、

「必ず連れてくぜ、兄さん」

と呟いた。


「すみません、金田さん」

と、亜由美は言った。「私たち、金田さんにランチをごちそうになる資格なんてないのに」

「ねえ」

亜由美と聡子は、互いに肯《うなず》き合った。

しかし、「申しわけない」と言いながら、ランチを食べているのだから、あまり説得力がない。

「とんでもないわ。本当にご迷惑かけちゃって」

と、今日子は言った。

――お昼休みが終って、学生食堂は大分空《す》いている。

亜由美と聡子は午後が休講というので、あえて少し遅めにランチを食べることにしたのである。

「でも、一体どうなっちゃうんでしょうね」

と、亜由美は言った。「あの宮前英雄って人、金田さんのいいなずけなのに……」

「私はいいのよ、別に」

と、今日子は言った。「でも、あなたの方でお断りでしょ?」

「まあ……。相性ってものがあると思うんですよね」

「分るわ。――私も、何だか母のために一生を棒に振るのがいやになって来た」

「そうですよ! 金田さんは、もっといい男性と出会います」

と、亜由美は言った。「――私が保証してもしようがないですけど」

「ありがとう」

と、今日子は笑って、「でもね――私だって、松本さんのことが心配。あの人が自首してくれたら……」

「あんまり気にしない方がいいですよ」

「そうもいかないわ。あの弟さんに言われたのがこたえて」

と、今日子は首を振った。「いくら犯罪者でも、私のことを信じてくれてるのに……」

「でも、それは――」

「いいの。もう忘れて。松本さんのことは自分で何とかしないと」

先に食べ終っていた今日子は、自分のお盆を持って、〈返却口〉へと返しに行った。

「――聡子、金田さんの様子がおかしい」

「え？　何がお菓子なの？」

「食い意地が張ってんだから！　見て、金田さん」

お盆を戻して、今日子は亜由美たちの所へ戻ろうとしたが、途中、誰かを見かけたらしい。

少し迷ってから、急いで学食を出て行ったのである。

「怪しい。尾《つ》けよう」

と、亜由美は立ち上った。

「まだ食べかけ……」

と、ブツブツ言いながら聡子もあわてて亜由美を追って、お盆を返すと、一緒に学食を出た。

「あそこだ」

亜由美は、木立ちのかげに消える今日子の姿をチラッと目にした。

「目だけはいいわね、亜由美って」

「一つもいいとこないよりましでしょ」

「言えてるか」

――木立ちのかげに、今日子の姿が覗《のぞ》く。

「誰と一緒?」

と、聡子が小声で言う。

「覗いてみよう」

二人がそっと近付いてみると――。

「――分りました」

と、今日子が言っていた。

「行ってくれるか?」

相手は、あの松本圭太の弟、勇士だ。

「行きます」

「刑事を連れて、じゃないのか」

「いいえ、今夜は私一人で行きます」

「本当だろうな」

「お約束します。——今夜八時に、〈シネマS〉ですね」

亜由美と聡子は顔を見合わせた。

「——勇士さん、といいましたね」

と、今日子が言った。

「何だよ」

「お兄さんとお話しすることがあったら、ぜひ自首して下さいと伝えてほしいんです」

と、今日子は言った。「ずっとこの先、一生逃げ続けるんですか？　どこまで逃げても、人を傷つけた事実からは逃げられません」

「誰のせいだと思ってるんだ！」

と、勇士が怒って、「金がなきゃ、あんたの店には入れない。だから兄貴は無理して金を作らなきゃならなかったんじゃないか！」

「甘ったれて！」

と、亜由美は口の中で呟《つぶや》いた。

飛び出して行って、どやしつけてやりたいのを、必死でこらえる。

「だから私は、もう来ないで下さいと言ったんです」

と、今日子が言った。「あれはそういうお店なんです。私も好きでつとめていたわけじゃありません」

「男から金を絞り取っといて、よく言うもんだな。下着で座ってるだけで、何万円も取るんだって？　楽な商売だな」

今日子は目を伏せて、

「確かに、重労働をしているわけじゃありません」

と言った。「でも、女にとって、見も知らぬ男性に下着姿を見られるのが、どんなに恥ずかしいことか、お分りですか。高いお金を払って、そういう店へ来るお客がいるんです。——女だって、決して楽しんでいるわけじゃありません」

「どうでもいい」

と、勇士は言った。「ともかく、俺にとっちゃ兄貴の身が大切なんだ」

「分ります。——今夜、必ず行きます」

「伝えたぜ」

勇士が大股《おおまた》に立ち去って行く。

今日子は、ため息をついてしばらく立ちすくんでいた。

亜由美たちは、こっそりとその場から離れると、

「――映画館で？」

「らしいわね」

と、亜由美は肯いて、「――さて、どうしよう？」

「金田さんは気にしてるけど……」

「でも、黙って放っとくわけにいかないね」

亜由美は心を決めた。「金田さんには恨まれるかもしれないけど、殿永さんへ知らせるわ」

「そうね」

松本圭太が、どういうつもりで金田今日子と会おうとしているのか。――今の松本の立場からすれば、「無理心中」の可能性もある、と亜由美は思ったのである。

「――亜由美も、どうせ行くんでしょ？」

「うん、聡子は？」

「危い目にはあいたくないけど……。やっぱり行く！」

と、聡子は言った。

二人が学食の方へ戻って行くと――。

「八時、〈シネマS〉ですって」

と、姿を現わしたのは、宮前由子。

「お母様……。僕、やはりあの子が諦《あきら》め切れない」

と、由子の和服の袖《そで》につかまって訴えているのは、もちろん英雄だ。

「安心なさい。今の話だと、あの子もその〈シネマS〉とやらへ行くらしいわ」

「一緒に映画を見るの？——そうか、暗い中なら、手を握っても分らないね！」

と、英雄は目を輝かせて、「何なら、スカートの中に手を入れても……」

由子は息子の頭をピシャッと叩《たた》いて、

「そういうのをチカンというのよ！」

「はい、お母様……」

「〈シネマS〉がどこなのか調べないとね。——東京じゃ、映画館も一つってことはないでしょ」

「うん。三つぐらいはあるんじゃない？」

まるで分っていない母と息子であった。

# 6　シネマのドラマ

殿永は、渋い顔で腕組みをすると、

「もうちっと、何とかならなかったのか」

と言った。

亜由美と聡子は顔を見合わせた。

「――殿永さん」

と、亜由美は言った。「私たちが中へ入ります。ですから、ロビーかどこかで待機していただいて……」

「しかし、万が一のとき、それでは間に合わない」

殿永はため息をついて、「松本も、何の映画をやっているか、ちゃんと考えてここを選んだのなら、大したもんです」

――〈シネマS〉の事務室。

殿永と、五人の刑事が集まっていた。

「映画の客を装って」

というので、各々私服でやって来ていたのだが――。

いつものままの、地味な背広姿がいると思えば、「おっさん」のイメージそのままのトレーナー姿、出張った腹にボタンの飛びそうなジーパン姿……。

要するに、「見るからに怪しげ」で、「やたら目立つ」格好ばかり。

しかも、上映しているのが、女の子向け悲恋映画で、前の回が終って出て来た客は、ほとんどがハンカチを握りしめて、グスグスと泣いている。

そこへ、この「怪しいおじさんたち」が入って行ったらどうなるか……。

殿永が頭を抱えているのも当然だった。

「――もうすぐ次の回が始まります」

と、映画館の支配人が言った。

「八時というと、上映中ですね？」

「はい。一番泣ける所で、場内、すすり泣きで溢《あふ》れます」

「やれやれ……」

殿永はため息をついて、「ここは、お二人にお願いするしかありませんな」

「分りました！」

と、引き受けたものの、亜由美たちの方にも問題はある。

金田今日子は二人のことを知っているのだ。まさか偶然同じ映画館へ来たとは思わないだろう。

「顔を合わせないようにしなくちゃね」

「でも、どうやって?」

「金田さんは八時に間に合うように、ここへやって来ると思うのよね。ということは、こっちが先に入ってるわけだから、後から入って来る客をずっと見張ってれば、大丈夫、見逃すことはない」

と、亜由美は言った。

「そうか! じゃ、私たちは先に入ってるわけね」

「でも、映画館の中って、暗いのよね」

「うん……」

二人は考え込んでしまった。

「しかも、金田さんもだけど、見付けなきゃいけないのは、むしろ松本圭太の方なのよ」

と、亜由美は言った。「松本も早く来るわね、きっと」

「では、こうしましょう」

と、殿永は言った。

「ポップコーンとコーラ」

「ハンバーガー」

「アイスコーヒー」

同時に三つも四つも注文が降って来ると、聡子はパニック状態。

「ちょっと待ってね！　そっちの人、何だっけ？」

「ええ？　ちゃんと聞いてよ」

中学生ぐらいのガキが一人前に苦情を言う。

聡子は引きつった笑顔で、

「ごめんなさいね。アルバイトなもんで……」

と言いつつ、内心では、「生意気な奴ら！　可愛くないよ」と思っているのである。

「——聡子、聞こえる？」

と、耳に入れた小さなイヤホーンに、亜由美の声。

「聞こえてるよ」

殿永が貸してくれた小型マイクとレシーバー。さすが、警察のものだけあって、性能がいい。

「何かあったの？」

「ううん。呼んでみただけ」

「もう！——しっかり見張っててよ」

「聡子に言われたくないわ」

と、亜由美が言い返す。

どっちもどっち、である。

開映のブザーが鳴る。

「やった」

売店は、上映中はヒマ。——聡子がホッとしていると、

「ちょっと！」

と呼ばれて、「——コーラ二つ」

何よ、今ごろ！

「——はい」

と、コーラを渡してお金をもらったが、

「量が少なくない？」

「これで普通ですけど」

「そう？」

——変なおばさん。

聡子は眉《まゆ》をひそめて、何だか妙ちきりんなワンピースを着てサングラスをかけたその女が客席の方へ入って行くのを見送っていた。

「——聡子、どうかしたの？」

と、亜由美の声。

「あ、別に何でもない」

でも今のおばさん……。どこかで見たような気がする……。

「金田さんが来たら、ちゃんと教えてよ」

と、亜由美が言った。

「分ってるって」

聡子は言い返してやった。

ブザーが鳴り終り、上映が始まった。

音楽が洩《も》れてくる。

開映に遅れた客が何人か、あわてて中へ駆け込んで行った。

「——殿永です」

と、イヤホーンに声がする。

「あ、聞こえます。金田さんも松本も見えません」

「分りました。いつでも出られるように待っていますから」

「よろしく」

聡子のいる売店からは、入って来る客がよく見える。

ここで、金田今日子と松本圭太のやって来るのを見張ろうというわけだ。

聡子も、もちろん売店の売り子の制服を着て、だてメガネなどかけていた。

開映して三十分ほどして、今日子がおずおずと入って来た。

「——来た！　来た！」

待っていたのに、いざ来たとなると、興奮して声が出ない。

「どっちです？」

と、殿永。

「金田さんです。——こっちへ来る！　どうしよう？」

「落ちついて下さい」

そう。——そうよね。

聡子は深呼吸した。

「すみません」

と、金田今日子は言った。「コーラを下さい」

「は、はい！」

つい、目をそらそうとして、却《かえ》って目立ってしまう。

「——どうかしました？」

「え？」

「何か……首をかしげてらっしゃるんで」

「いえ、あの――ちょっと寝違えて」

「まあ、お大事に」

「ありがとうございます……」

今日子は、コーラの入った大きな紙コップを手に、少し迷っていたが、約束の八時まで間があるせいか、ロビーのベンチに一旦《いったん》腰をおろして、コーラを飲み始めた。

「――亜由美、聞こえる？　今、金田さんが……。亜由美？」

少し間があって、

「聞こえてる」

「大丈夫？　眠ってたんじゃないの？」

「違うわよ！」

「中へ入りそうになったら、ちゃんと知らせるからね」

「ＯＫ」

小声なので、周りも迷惑していないはずだ。

聡子は、ベンチの金田今日子をそっと眺めた……。

一方、中に入っていた亜由美はといえば……。眠っていたわけではない。

ただ――ハンカチを取り出して、涙を拭《ぬぐ》っていた。中の客の様子を見ていなくてはいけないのに、映画が面白くて、ついスクリーンの方に見入ってしまった。

あげくに、涙もろい亜由美（父譲りか？）は、グスグス泣いていた、というわけである。

――場内は、平日ということもあってか、いくらか空席がある。

亜由美は、後ろの方の端の席に座っていた。入って来る客がよく見える。

気を取り直して、場内を見渡していると、

「隣、空いてますか」

と、小声で訊《き》かれる。

「あ、はい。どうぞ」

その男の客は、亜由美の前を通って、隣の空席にかけた。

「どうも」

「いいえ」

――亜由美は、改めて場内をゆっくり見回した。

今の映画館は中が明るいので、目が慣れると、顔も見分けがつく。

後ろから見ているから、よく分らないが、大体男の客は少ない。――松本圭太らしい姿は見当らなかった。

亜由美は、すぐ隣に座った男のことは、見ていなかった。——あまりに近すぎた。

よく見れば、殿永の見せてくれた写真の男——松本圭太当人と気付いたはずだが、まさか隣にいるとは思わなかったのである……。

「——金田さんが入る」

と、聡子の声がイヤホーンに。

振り向くと、扉を細く開けて、金田今日子が滑り込んで来る。

目で追うと、今日子は隅の方へ行って立った。

そっと腕時計を見る。——あと十五分で八時だ。

そのとき、亜由美は一番後ろの列で、男が一人立ち上るのを見た。

同じ列にいたので気付かなかったのだが、サングラスにマスクといういかにも怪しげなスタイル。

立ち上ると、今日子とは反対側の隅へ行って立った。

「——聡子」

と、亜由美は小声でマイクへ言った。「怪しいのがいた」

「どこです？」

殿永が訊く。

「入ってすぐの右手の隅。左の隅に金田さんが」

「分りました」

亜由美はそっと息をついた。——周囲の客の中には、何をブッブツ言ってるのかと振り返る客もいたが、スクリーンの方で音楽が高鳴ったので、みんなそっちへ気を取られている。

そして——亜由美も、つい画面に見入ってしまったのである。


何て可哀そうな恋人たち……。

亜由美はグスグス泣いていた。

場内、あちこちですすり泣きの声が洩れている。

「——亜由美」

と、聡子の声。「八時よ」

何だっていうの！　うるさいわね。いいとこなのよ！

——しかし、さすがに亜由美もハッとした。映画を見に来たんじゃない！

隣の席にいた男が立って、亜由美の前を通って行った。

え？　ここで出るの？

亜由美はそのとき初めて、隣の席にいた男の顔を見た。

いた！——いた！

亜由美は、松本圭太が今日子の方へと近寄って行くのを見た。

「いました！　松本です」

と、あわてて呼びかけて立ち上る。

すると――反対の隅に立っていた、サングラスにマスクの男が駆けて来て、亜由美に突き当った。

「キャッ！」

亜由美はつんのめって転んだ。

「行くぞ！」

殿永の声。

サングラスの男がロビーへと飛び出す。

「――待て！」

刑事たちは一斉にその男へと飛びかかった。

亜由美は立ち上ると、松本圭太が今日子の手を引張って、わきの出口から出て行くのを見た。

「待って！」

亜由美は二人を追いかけた。

スクリーンでは、ちょうど恋人たちが別れる場面。

「待って！」

と、女が叫んでいた。


「――違うぞ！」

と、殿永が言った。

サングラスとマスクを取ってしまうと、松本勇士が笑っていた。

「ざま見ろ！」

「貴様――」

「殿永さん！」

亜由美が駆けて来る。「あの二人を止めて！」

松本圭太が、今日子を連れて映画館から出て行くところだった。

「追え！」

刑事たちがワッと駆け出した。

ここはビルの七階だ。――松本と今日子は、エレベーターへ駆け込んだ。

「しまった！」

扉は刑事たちの目の前で閉る。

「階段を下りろ！　下で捕まえるんだ！」

と、殿永が怒鳴った。

刑事たちがあわてて階段へと駆け出した。

「——ざま見ろ」

と、勇士が笑った。「兄貴が捕まるもんか！」

亜由美は、拳《こぶし》を固めて、勇士の顎《あご》へパンチをお見舞いしてやった。

# 7　道行

「私の失敗です」

と、殿永は沈んだ面持ちで言った。

〈シネマS〉の事務室のドアが開いて、汗だくになった刑事が顔を出す。

「どうだ？」

と、殿永が訊《き》く。

「だめです」

と、刑事が首を振る。「地下鉄の改札口も沢山ありすぎて」

「そうだな。――ご苦労」

殿永は、勇士の方を見て、「兄貴はどこへ行ったんだ？」

「知るか」

椅子にかけた勇士はふてくされて、「暴力をふるいやがって」

と、顎をさすった。

「当り前よ」

と、亜由美はにらんでやった。

「フン、隣の席に兄貴がいるのに気付かなかったくせして」

「何よ！」

亜由美は真赤になって、「近すぎたのよ」

「塚川さんは刑事ではない。ミスとは言えません」

と、殿永は言った。「こちらがもっと万全の態勢を整えておくべきでした」

「金田さん、大丈夫かしら」

と、聡子が言った。

――松本圭太が、ちゃんと計画を立てていたことは明らかだった。

当然、刑事が待っていることも予測していただろう。

逃げるのにも、途中でエレベーターを降り、隣のデパートとの連絡通路を抜けて行った。

――人数の限られた刑事たちでは、とても追い切れなかったのだ。

「兄貴はあの女のおかげで一生を棒に振ったんだ。逃げるのに付合っても当然さ」

と、勇士は言った。

「それは違うわ」

と、亜由美は言った。「金田さんは、一人で来たのよ。殿永さんを呼んだのは私」

「信じるもんか」

「勝手にしなさい」

と、亜由美は肩をすくめて、「でもね、警察へ知らせたのが金田さんだとしたら、あんなにおとなしくついて行くと思う？　エレベーターでだって、他の人が大勢いるのよ。いくらでも騒いで逃げられたわ」

勇士は詰ったが、

「――ちっとは申しわけないと思ったんだろう」

「何の義理もないのに、よ。――二人がどうなると思ってるの？」

「知るか」

「――どこへ行ったか、心当りはないのか」

と、殿永は訊いた。

「遠くへ行くって言ってたぜ」

「遠くって？」

「さあな。――アメリカ辺りか、って訊いたら、もっと遠くだって言ってたな」

亜由美が青ざめた。

「――馬鹿ね！」

「何だ？」

「分らないの？『もっと遠く』って、この世じゃないってことよ」

「——何だと?」

「金田さんを道連れにして、心中しようとしてるんだわ」

——勇士は、

「ふざけるな!」

と言い返したが、それでも不安になったのか、口をつぐんでしまった。

「——主な駅へ手配をしよう」

と、殿永は言った。「何とか、取り返しのつかないことになる前に、二人を止めなくては」

亜由美は、勇士を見つめて、

「もし、何か連絡があったら、思い止《とど》まらせて。せめて、金田さんだけでも返してくれと言って」

勇士は黙っていた。

「——連絡はつけられないのか」

「ああ……。兄貴が連絡して来りゃ別だけどな」

と、勇士は言った。

「どこへ連絡して来るんだ?」

勇士は少し黙っていたが、

「——分らないよ。俺は決った住いもないしな」

「そうか……」

勇士は殿永を見て、

「俺を逮捕しないのか？」

と訊いた。

「逮捕したら、連絡も来ないだろう。——兄さんのことを死なせたくなけりゃ、力を貸してくれ」

勇士は目を伏せた。

「——塚川さんたちもご苦労様でした」

と、殿永は言った。「送ってあげられるといいんですが……」

「いえ、自分で帰ります」

亜由美と聡子は、〈シネマＳ〉を重苦しい足どりで出たのだった。

「——亜由美、電話よ」

と、清美に起こされて、

「今何時？」

と、大欠伸《あくび》した亜由美だった。

「午前三時」

「――三時？　どこの馬鹿？」

「さあ」

「間違いじゃないの？」

「男の人だったから、起こした方がいいと思ってね」

どういう母親だ？

亜由美がノソノソ起きて、電話に出ると、

「――俺、松本勇士だ」

「あんたか。治療費出せってこと？」

「違う。兄貴から、もし連絡があるとすれば……この公衆電話だと思う」

「――え？」

亜由美は目を丸くした。


タクシーを降りると、亜由美は周りを見回した。

「この辺だと思うけど」

「ワン」

同行したのは、ドン・ファンである。

「――ここだ」

と、声がして、勇士が手を振っているのが見えた。

もう午前四時。――亜由美は、冷たい外気ですっかり目がさめていた。

「――こんな所に？」

「兄貴と二人で、よくここへ来たんだ」

と、勇士は言った。

「公衆電話って、あれ？」

「うん」

今はあまり見なくなった、ボックス型の公衆電話。

暗がりの中、そこだけがポカッと明るい。

「――なあ」

と、勇士が言った。「本当に兄貴が……」

「無理心中しようとしてるかって？　たぶんそうだわ」

勇士は首を振って、

「俺にはやさしい、いい兄貴だった」

と言った。

そのとき――公衆電話が鳴り出したのだ。

二人とも一瞬動けなかった。

「——早く出て！」

「うん」

「止められなくても、どこにいるか、訊《き》き出して！」

「やってみる」

勇士がボックスの中へ入って、受話器を上げた。

「——うまく行くといいけど」

「ワン！」

ドン・ファンが振り返って吠《ほ》えた。

「どうしたの？」

亜由美は振り向いたが——。


「他の車はなかったのか！」

と、宮前英雄は言った。

「手違いなんだ」

と、親類の一人が頭をかいて、「話がどこかで食い違って……」

「ともかく、仕方ないわよ」

と、由子が言った。「これも用意してあったのは上出来」

宮前家の親戚《しんせき》たちは、白木のお棺を運んで来たのである。

「おとなしくしてる？」

と、由子がふたを外すと、棺《ひつぎ》の中では亜由美が眠っている。

「充分薬をかがしといたから、当分は起きないよ」

と、英雄が言った。

「いいわ。それじゃ中へ」

車の後ろを開けて、棺を入れる。――何しろ霊柩車だ。ぴったり納まる。

「じゃ、行こうか」

と、由子が言った。「途中で休憩はしないよ。山の中まで、一気に突っ走るのよ」

「オーッ！」

妙なところで盛り上り、一同、霊柩車《れいきゅうしゃ》へ乗り込むと、夜の道をぶっ飛ばして行ったのである……。


「もしもし？――兄貴かい？」

と、松本勇士は呼びかけた。

しばらく向うは黙っていたが、

「勇士、俺だ」

「兄貴」

勇士はホッとして、「かかって来るんじゃないかと思ってたよ」

「待っててくれたのか。すまないな」

と、松本圭太は言った。「今日は結局お前の手を借りちまったな」

「いいさ。俺が好きでやったんだ」

「後で刑事たちにやられなかったか？」

「大丈夫。逮捕もされてないよ」

「そうか。ふしぎだな」

そのとき、電話ボックスの外で、ドン・ファンが吠えた。

「何だ？」

勇士は振り向いて、亜由美の姿が見えないので眉《まゆ》をひそめた。

「——おい、勇士。どうした？」

「え？　いや——何でもないよ」

勇士は肩をすくめて、「兄貴、彼女と一緒か？」

「ああ。これから二人で旅に出る」

「そうか。——良かったな」

勇士はそう言ってから、「兄貴……。もしどこに行くのか決めてるのなら――教えといてくれないか」

勇士の問いに、しばらく返事はなかった。

「――もしもし、兄貴？　聞こえてるかい？」

と、勇士がもう一度呼びかけると、

「――勇士、残念だな」

と、圭太が言った。

「え？　何が？」

「弟のお前が裏切るとは思わなかったぜ」

圭太の言葉に勇士は面食らって、

「何を言ってんだ！　俺がいつ――」

「お前はな、警察が俺を逮捕するのを邪魔したんだ。そうスンナリと釈放してくれるわけがない」

「それは――殿永って刑事が、なかなかものの分った奴でさ。な、兄貴。信じてくれよ！　俺が裏切ったりするわけないだろ」

「犬の吠えるのも聞こえたぞ。警察犬で俺を追いかける気か」

「違うよ！」

「俺の匂いを追ってもむださ。俺は遠くへ行くんだ。彼女と二人でな」

勇士は、「遠く」という言葉に胸を突かれる思いがした。

「兄貴、まさか――一緒に死ぬつもりじゃないだろ？」

圭太が笑って、

「死んでまずいことでもあるか？」

勇士は青ざめた。

「やめてくれ！　な、兄貴。やり直せるよ、また。頼むから――」

「放っといてくれ。俺はもう決めたんだ」

「だけど、兄貴――」

「しつこいのは嫌われるぜ」

と、圭太は言って、「こっちの電話を探知してるのか？　もう切るぜ」

「待ってくれ！　兄貴、その女の人は――放してやれよ。無理心中ってのは可哀そうだ」

「誰が無理心中するって言った？　彼女もちゃんと納得してるんだ」

「それは、兄貴に申しわけないと思ってるからだよ」

と、勇士は言った。「その女を道連れにしたら、それこそ兄貴は人を殺すことになるんだ」

少し間があった。

「――勇士。お前も人に説教するような奴になったのか。俺は、大人の説教を、ずっとかしこまって聞いて生きて来た。何一つ、したいこともせずに」

「兄貴――」

「もう沢山だ。勇士、お前とはもう兄でも弟でもない」

「待ってくれ！――兄さん！」

電話は切れた。

勇士は電話ボックスを出ると、

「畜生……。何てことだ」

と呟《つぶや》いた。

いつの間に、兄はあんなに世間を恨むようになってしまったのか。

昔の兄貴はどこへ行ってしまったんだ……。

ため息をついて、勇士はふと気付いた。

「おい。――どこへ行った？」

亜由美も、あのドン・ファンの姿も、消えてしまっていたのである。

金田今日子は、車の中から松本圭太が戻って来るのを見ていた。

レンタカーで、もう大分東京から離れている。途中、軽い食事も取った。

「——弟さんと話せた？」

今日子は、運転席に戻る松本へ訊《き》いた。

「いや。連絡がつかなかった」

「——そう」

嘘だということはすぐに分った。松本の表情が険しい。

仲違《なかたが》いしたのだろうか。

「さあ、行くか」

松本は明るい声を出した。「まだ大分ある」

「疲れない？」

「平気さ。——ちっとも眠くなんかない。本当だぜ」

松本は笑顔で、「あんたが一緒に来てくれるんだ。疲れてる暇なんかないよ」

「でも、無理しないでね」

「ああ。——心配してくれるのか」

「もちろんよ」

「ありがとう」

松本は今日子の手を握った。

——今日子は知っていた。

これからどうなろうとしているのか。松本が、自分と一緒に死ぬつもりでいることも。それでいて、今日子は逃げようとしなかったのである。

なぜなのか、今日子自身にも、よく分らなかった。

松本を愛しているわけではない。今日子自身が死にたいわけでもない。

ただ、今日子は「死ななければならない」と考えてみたとき、何だかホッとしたのである。もうこれで、明日の生活の心配をしなくても良くなる。——そう思うと、松本と死ぬことも、そういやではなかった。

車が再び夜の道を走り出す。

「どこへ行くの？」

と、今日子は訊いた。

「生れ故郷さ」

「ああ……。いいわね」

「だろ？　故郷の山や川を見ながら死にたい」

「分るわ……」

——松本をここまで追い込んだのは自分だという思いが、今日子にはある。松本と死ぬことで、その償いができる。その気持も強かったのかもしれない。

「——故郷ね」

今日子は、国道の標示を見た。「あら」

「どうした?」

「この先、左へ入ると、私の故郷の方だわ」

「そうか。——寄って行くかい?」

今日子は少し迷って、

「でも——いいの?」

「ああ。一日二日、どうってことない」

一日、二日……。

それは松本と二人でどこかに泊ることでもある。泊れば何もなしにはすむまい。

「どうする?」

分岐点は近付いていた。

「じゃ、行ってくれる?」

「ああ」

松本はハンドルを切った。

# 8　屋根の上

「僕の考えが足りませんでした」

と、松本勇士は言った。

「そう言ってくれると嬉《うれ》しいよ」

殿永はおっとりと、「人間、なかなかそう素直に謝れないものだ」

「でもねえ……」

と、清美が二人にお茶を出しながら、「亜由美、どこへ行ったんでしょうねえ」

――朝になって、勇士は塚川家へやって来た。

知らせを受けて、殿永も駆けつけたのである。

「――君の兄さんがレンタカーを借りたことは分った」

と、殿永は言った。「今、その車を手配しているところだ」

「そうですか。――兄はともかく、今日子さんを何とか助けたい。でも、もう兄は僕を信用していません」

「どこへ行ったか、見当はつかないかね」

「さっぱり……。何も言っていませんでした」

と、勇士は首を振った。「それに、亜由美さんのことは……。一体何があったんでしょう?」

「ドン・ファンがついて行ってるんですもの、大丈夫ですよ」

と、清美はのんびりしている。

「――亜由美の行方なら分っている」

と、居間へ入って来たのは、出勤の仕度をすませた、父、塚川貞夫《さだお》。

「あなた、どうしてそんなことを……」

「神はすべてご存知だ」

と、塚川は言った。「ハイジの真心も、フランダースの犬の考えも」

「じゃ、亜由美の行方はどこ?」

「私は神ではない」

「そんなこと、分ってますよ」

「しかし、これは確かだ」

と、塚川は言った。「亜由美は、自分の隣の人間の隣にいる」

「――当り前じゃないの」

「当り前のことにこそ、真実があるのだ」

と、塚川貞夫は言った。「清美。――朝ご飯は?」

「ゆうべの残りものしかないわよ」

「それでいい」

「じゃ、仕度するわ」

「――亜由美のことは心配するな。神がついておられる」

――夫婦が居間を出て行くと、勇士は、

「あの人、どうしたんですか?」

と、殿永に小声で訊いた。「娘さんのことが心配で、おかしくなっちゃったんですか?」

「いや、あの方なりの心配の仕方でね」

と、殿永は言った。「常に娘さんをアニメの主人公になぞらえてるんだ」

「はあ……」

勇士は、わけが分らない様子で肯《うなず》いた。

すると、突然塚川が居間へ顔を出し、

「あの子は戻って来る!」

と、高らかに宣言した。「ハイジがアルプスへ戻って来たように、あの子も必ず両親の下へ戻って来る!」

そして、塚川は急に普通の口調になって、

「殿永さん、申しわけありませんね。いつも亜由美がご迷惑を――」

「とんでもない！　きっと亜由美さんは捜し出してみせます」

「どうかよろしく」

と、頭を深々と下げ、「私は出社します。冷たい父親と言われるかもしれませんが、ここで一人じっとしているのが辛《つら》いので」

「分ります。何かあれば、すぐご連絡しますよ」

「――両親の下へ、だ！」

と、勇士が言った。「殿永さん、兄はきっと、故郷へ帰ってます。もし死ぬつもりでも、必ず両親の墓へ参ってからにすると思います」

「よく思い付いてくれた！」

「今、そちらのお父さんが『両親の下へ』とおっしゃったんで」

「――見ろ！」

と、塚川は胸を張って、「ちゃんと役に立ったぞ」

「あなた」

と、清美が顔を出して、「朝ご飯の用意ができてるわよ」

――殿永は、本部へ電話を入れて、

「そう。塚川亜由美さんだ。――そうだ。今まで色々捜査に協力してくれている。何としても捜し出せ。——ああ、それと、ドン・ファンが一緒だ。——犬だよ。ダックスフントだ」

殿永は眉《まゆ》をひそめて、「——分った。待ってる」

「どうしたんですか？」

と、勇士は言った。

「いや、ダックスフントのことを話したら、何だか待ってくれと言って……」
三、四分がひどく長く感じられた。
「——もしもし。——うん。それが？——何だと？」

殿永が唖然《あぜん》とする。「——よし、分った。それだぞ、きっと。——どれくらい前のことだ？」

殿永はメモを取った。

「——何か分ったんですか」

「二時間ほど前に、N市の高速道路の料金所を妙な車が通った」

「妙な？」

「霊柩車《れいきゅうしゃ》だ」

「まさか……」

「その屋根に、ダックスフントがのっかっていたそうだ」

「じゃ、それが……」

「状況から見て、まず間違いない。そんな変ったさらわれ方をするのは、亜由美さんくらいだ」

亜由美がこれを聞いて喜んだかどうかは不明である。

殿永が噂していたせいかどうか、亜由美は派手に一つくしゃみをして、目をさました。

「――ここ、どこ？」

真暗だ。――夜中か、と思ったが、手で探ってみると、何やら狭苦しい箱の中に入れられているらしいと分った。

「ちょっと！　出してよ！――ねえ、誰か！」

ドンドンと中から叩《たた》きながら怒鳴ると、

「うるさいわね」

と、どこかで聞いたことのある声。

「お母様、ふたを取ってあげないと、息ができなくなるかもしれないよ」

あの声！――宮前母子だ。

ガタゴト音がして、ふたが開く。

「――よく眠った？」

と、宮前由子が覗《のぞ》き込む。

「どういうつもりですか！」

と起き上って、亜由美は頭痛で顔をしかめた。

「薬が切れてないのよ。もう少し横になってれば？」

「一体、ここは——」

と、亜由美は言いかけて、自分が今まで寝ていた「箱」が、実は棺《ひつぎ》だったと知って、

「キャーッ！」

と、悲鳴を上げて中から転るように出た。

「ふざけたことしないでよ！　何のつもり？」

と、亜由美は言ったが——。

目の前に、銃口があった。猟銃が突きつけられていたのだ。

「おとなしくしてね」

と、由子が言った。「ここにいるのは、私ども宮前家の一族よ」

亜由美は、自分に猟銃を突きつけている男をジロッとにらんでから、

「人をさらって、無事にすむと思ってるんですか？」

と、由子へ言った。

「さらった、なんて人聞きの悪い」

と、由子は平然として、「私どもはあなたを由緒ある宮前家の一員として迎え入れてあげることにしたのよ」

「頼んでません」

「英雄の嫁になりたい女の子は山ほどいるのに、もったいないことを言って！」

「私を嫁にしたい男は海ほどいますよ」

と、亜由美は言い返した。「どこへ向ってるんですか？」

「もちろん、宮前家よ。婚礼の準備も整ってるでしょ」

「この車って、もしかして……」

「霊柩車よ。他になかったの」

「冗談じゃない」

と、亜由美はため息をついた。

しかし、目の前に突きつけられる銃口はやはり現実だった。

「分りました」

ともかく向うへ着けば、逃げるチャンスはあるだろう。

「――僕、とっても幸せだよ」

と、英雄が亜由美の手を取ってさすっている。

亜由美は鳥肌が立ったが、何とかこらえていた。

「——間もなく村です」

と、外を覗いていた男が言った。

「そう。——せっかくのお棺、もったいないから持ってく？」

と、由子が言った。

「結構です」

亜由美の頭に、「結婚は人生の墓場」などという古いことばが浮んだ。

車が停った。

「さあ、みんな降りて。——亜由美さん、あなたもね」

「降りますよ、頼まれなくたって」

誰が好んで霊柩車に乗っているもんか！

しかもお棺と一緒に！

亜由美は車を降りた。

「そろそろお昼ね」

と、由子が言った。「みんな疲れたでしょ？　お昼を食べて行ってちょうだい」

確かに広い「お屋敷」だ。庭もどれだけの広さがあるのか、見当がつかない。雑木林があったり、その向うは小川が流れていたりする。

「さあ、亜由美さんも」

と、由子が促す。

正直なところ、亜由美としては一刻も早く逃げたい。しかし――ひどくお腹が空《す》いていたのである。

お棺の中で目がさめたのも、本当はお腹が空いていたせいかもしれない。

勝手にこんな所へ人をさらって来ておいて、「嫁になれ」とは冗談じゃないというところだが、グーグーと訴えているお腹の要求も、無視するわけにいかなかった。

ここは一つ、おとなしく言うことを聞くふりをして、食事だけすませ、トイレにでも立つことにして、隙を見て逃げ出そう。

少々甘い考えと言われればその通りだと思うが、「何とかなるさ」というのが、亜由美の主義(?)でもある。

呆《あき》れるほど広い日本家屋の中、襖《ふすま》が開けてあると、何十畳の大広間にも見える部屋で、亜由美は宮前家の親戚《しんせき》一同(らしい)と食事を取った。

「婚約者は隣同士でなきゃ」

などと言われて、英雄の隣に座らされたのにはうんざりだったが、それでも「食事ができる」という誘惑には勝てなかった。

うまく逃げ出したとしても、こんな山の中に、ファミレスやコンビニなどないだろうから、やはりここで食べていくのが理屈にも合っている。などと――わざわざ自分に言いわけしているところが亜由美らしい。

そして——出された食事は、空腹の身においしくないわけではなかったが……。

茶碗蒸《ちゃわんむ》し。目玉焼き。オムレツ……。

「——どうして、卵料理ばっかりなんですか？」

と、亜由美は由子に向って訊《き》いた。

「それはね、この宮前家が卵で身代を作ったからですよ」

と、由子は言った。「それに、この辺一帯どの家もニワトリを飼っていると言ってもいいくらいなのよ」

思い出した。

この「婚約者」、英雄が〈ミスター卵〉に選ばれたと由子が誇らしげに言っていたことを……。

「——ごちそうさまでした」

と、亜由美ははしを置いた。

「あら、小食なのね」

小食というわけじゃないけど、そう「卵」ばっかり食べられない！

少なくとも、亜由美は〈ミス卵〉になるつもりはなかった。

「お茶、薄くなったわね。さしかえましょう」

　由子が立って、新しくいれた日本茶を運んで来る。

「——どうも」

　少し胸焼けしそうだったので、亜由美は注がれたお茶を一気に飲んだ。

「それでね、亜由美さん」

　と、由子は言った。「英雄との祝言ですけど、善は急げとも言うし、明日にしようと思うの」

　ちっとも「善」じゃない！

「そうですか。でも、私にも両親というものがあり……」

「あら、若いのに古いのね。結婚は当人同士よ。親の許しを得なくてはいけないなんて、今どき……」

「当人同士としてもですね、あの——英雄さんとのお付合いはあまりに短かすぎると思うんです。もう少し、その——時間をかへて……。あれ？　時間をか……け……」

　舌がもつれる。

　そして、めまいがして、立ち上れなくなった。

「あの……地震ですよ。早く逃げないと……」

「薬のせいよ」

「——薬？」

「今のお茶に入れてあったの。あなたに逃げられると大変ですもの」

——しまった！

薬をかがされて、ここへ運んで来られたというのに、また薬でやられてしまうなんて！

亜由美は今になって、「がっつくんじゃなかった」と思ったが、すでに遅く、ズルズルと畳の上に倒れ込んで、そのまま意識を失ってしまったのである……。

# 9　座敷牢の花嫁

「いいのか？」

と、松本は言った。

「ええ」

今日子は肯《うなず》いた。

「――本当にいいのか」

「いいの。顔をみたら、気持が揺らぐわ」

「よし、分った」

松本が、そのまま車を走らせる。

今日子は、母が一人で暮している家が、バックミラーの中にどんどん遠ざかっていくのを見つめていた。

せっかくここまで来て――。

そう思わないわけではない。

でも、母の顔を見たら――自分がどうするか、見当がつかなかった。

抱きついて泣くか、それとも、松本を殺してしまうか……。

一旦《いったん》受け容《い》れた運命を、今さら変えたくなかった。諦《あきら》めたのだ。人生を諦めたのだ。

今さら、「何とかなるかもしれない」と思わされて、その挙句、松本に殺されるのでは、惨めだ。

「——どこへ行く？」

と、松本は言った。

「そうね」

今日子は、自分を追い込みたかった。すべての希望を、自分の手で、塗りつぶしたかった。

「——どこか、旅館へ泊りましょう」

と、今日子は言った。「これからあなたの故郷へ行くのは、時間がかかるでしょ？」

「行けないことはないけど……。着いたら夜だな」

「じゃ、途中で。——どこでもいいわ。国道沿いのモテルとか」

松本は頰を染めて、

「本当にいいのか？」

と訊いた。

「同じことを、何回も言わせないで。もてないわよ、そういう男は」

松本はちょっと笑って、

「今さらもてても仕方ない」

と言った。「よし！　行こう」

車は、山間《やまあい》の曲りくねった道を辿《たど》って行く。

「――待って」

と、今日子は言った。「車、停めて」

「何だ？」

松本は車を停めると、「――でかい家だな！」

と、その屋敷に目を丸くしている。

「ええ。――宮前家っていって、この辺一番の名家なの」

「ふーん。俺とは関係ないや」

と、松本が言った。

「――そうね。私とも関係ないわ」

と、今日子は言って、「あの車……。霊柩車《れいきゆうしや》だわ」

「どれ？――本当だ」

「誰か亡くなったのかしら？」

「これだけ大きい家じゃ、人も沢山いるだろうしな。一人ぐらい死んでも、珍しいことじゃない」

「それはそうだけど……」

今日子は何だか気になった。

「さ、行こう」

「ええ」

車が再び走り出す。

今日子は、もう気にしないことにした。

あの家に嫁として入ることになっていたかもしれない。――そう思うと、ふしぎな気がした。

でも――もうどうでもいいことだ……。

今日子は、じっと前方を見つめていた。


「――ここで充分だわ」

と、今日子は言った。

「悪いな」

松本は、古ぼけた作りの旅館に、気が重い様子だったが、

「モテルなんかに入れば、車のナンバーがきっと手配されてる。その点、こんな旅館なら大丈夫かと思って」

「ええ、分ってるわ」

今日子は、部屋の押入れを開け、自分で布団を出して敷いた。

「今日子……」

松本が、今日子の肩を抱く。

「待って。――ずっと車だったし、お風呂に入らせて。お願い」

と、身を縮める。

「ああ、いいとも」

「じゃ、先に入って来るわ」

「うん」

今日子は、浴室へ入って、戸を閉めた。

湯舟にお湯を入れながら、鏡の中の自分へ、

「――これでいいの？」

と呟《つぶや》いた。

これでいいんだわ。今さら、変えられはしない。

今日子は、ザッと汗を流し、手早くバスタオルで体を拭《ふ》くと、浴衣《ゆかた》を直接肌の上に着た。

部屋へ戻ると、松本が畳に寝ころんでいる。

「――どうぞ」

と、今日子は言った。

「うん」

松本は起き上って、浴衣姿に少しほてった頬の今日子をまじまじと眺めた。

「あんまりジロジロ見ないで」

と、今日子が目を伏せる。「先にお布団へ入って待ってるわ」

「うん。——すぐ入って来る」

「急がないで」

という今日子の言葉など、耳に入らなかったろう。

「——急がないで、か」

今日子は、かけ布団をめくって、浴衣のまま座った。

好きでもない男と寝て、一緒に死ぬ？

「私には、これがぴったりかもしれないわ……」

「ワン」

「キャッ！」

飛び上るほどびっくりした。

振り向いて、見憶《みおぼ》えのあるダックスフントがそこにいるのを見ると、

「——お前……ドン・ファン？」

「ワン」

「何してるの、こんな所で？」

ドン・ファンがタッタとやって来ると、いきなり、浴衣の帯をくわえて引張った。

「ちょっと――ちょっと待ってよ！」

帯がほどけて、今日子はあわてて浴衣の前を押えた。「ドン・ファン、ちょっと――」

浴室からはシャワーの音がしている。

「ドン・ファン、帯を返して！」

ドン・ファン、帯をくわえて、廊下へ出て行ってしまったのである。

今日子は急いで追いかけようとした。

ドン・ファンが、振り向いて、

「ワン」

と一声鳴いた。

帯が落ちる。

今日子は、ドン・ファンが何かを見ろというように首を振るのを見た。振り向くと、姿見に自分の姿が映っている。

浴衣の前を合わせて押えている自分の姿。

今日子は、真赤になった。

こんな姿を、愛してもいない男の目にさらすのか？

そして、身を任せるのか。——あの店でさえ、見たことのない、そんな自分を、今日子は初めて目にして、恥じ入った。

「自分をもっと大切にしなさい」

ドン・ファンが、そう言ってくれたような気がした。

今日子は涙が溢《あふ》れて来て、いきなりドン・ファンを抱き寄せた。

「ごめんなさい……。私が間違ってた」

「クゥーン……」

ドン・ファンは、快適な状況を惜しみながら振り捨てて（?）、素早く今日子の脱いだ服をくわえて来た。

「——でも、どうしてここに？」

今日子は急いで服を着ながら言った。「車に乗ってたのね、たぶん」

「ワン」

しかし、どこで？

ずっと一緒だったわけはない。

「宮前さんのお宅だわ」

「ワン！」

ドン・ファンが廊下へと駆け出す。

「待って、ドン・ファン！」

今日子は車のキーをつかむと、ドン・ファンを追って飛び出した。


「ふざけんじゃないわよ！」

亜由美は、金網を張った窓から怒鳴った。「出せ！――ここ、開けろ！」

由子が窓に顔を出した。

「――亜由美さん、いくら大声を出しても、声の届く範囲によその家はないのよ」

と、由子は言った。「じき夜になるわ。諦《あきら》めて、英雄と結婚なさい」

「やなこった」

と、亜由美は舌を出してやった。

「名家の嫁にふさわしくないわね、その態度は」

「人を誘拐しといて！　今、自由にしてくれたら、黙っててやるわ」

「そんな必要ないわ」

と、由子は首を振って、「私はあなたが承知してくれるまで、この土蔵へ閉じこめておくまでのことよ」

――旧家らしく、大きな土蔵がある。

そこに入れられた亜由美は、ちょうど座敷牢《ろう》に入っているのも同然。

「いくら閉じこめたって、あんたの息子の嫁になんか、なるもんですか！」

と、亜由美は言ってやった。

「じゃあ、ここで飢えて死ぬのを待つだけね」

と、由子は言った。「裏山の沼にでも捨てれば、誰にも見付けられないわ」

「人殺しまでやる気？」

「殺しはしないわ。あなたが勝手に死ぬだけよ」

「冗談じゃない！　死んでたまるか！」

と、亜由美はかみつきそうにした。

由子は笑って、

「英雄のためなら、これくらいのこと。──まあ、ゆっくり考えて」

と言うと、母屋の方へ戻って行く。

「──参った！」

亜由美はため息をついて、土蔵の中を見回したが──。

ボカッ。──妙な音がして、呻《うめ》き声が聞こえた。そして……。

「ワン」

亜由美は耳を疑った。

来た。

「ドン・ファン？　ドン・ファンなの？」

ガチャリと音がして、土蔵の鍵《かぎ》が外されると、戸が開いて、ドン・ファンが駆け込んで
「ドン・ファン！　ありがとう！」

亜由美はドン・ファンを抱きしめた。

「亜由美さん、大丈夫？」

と、今日子が姿を見せた。

「金田さん！」

いくらドン・ファンでも、この鍵はあけられまい。

「ドン・ファンが案内してくれたの」

と、今日子は言った。「さ、早く出ましょう」

土蔵の前で由子がのびている。

「私、自分のパンチに初めて自信持ったわ」

と、今日子が言った。

「助かりました！」

日が暮れかかって、大分暗くなっている。

「車があるわ。早く行きましょう」

と、今日子が促すと、ズドン、と腹に響く銃声がした。

「動くな！」

英雄が猟銃を構えて立っていた。「お母様に何てことをしたんだ！」

ドン・ファンが倒れている由子へ駆け寄ったと思うと、由子の足にかみついた。

「キャーッ！」

と、由子が悲鳴を上げる。

「こいつ、何をする！」

英雄が銃口を向け、引金を引いた。

ドン・ファンが素早く逃げて——発射された散弾は、当然のことながら、由子の足に当った。

「キャーッ！　英雄！　私を殺す気？」

少しかすっただけだが、大騒ぎをする。

「逃げるのよ！」

今日子が亜由美の手を引いて言った。

「畜生！　待て！」

——亜由美たちは台所へと駆け込んだ。

「逃げるな！　待て！」

英雄が銃を手に追いかけて来る。

「好物をあげるわよ」

亜由美は、カゴの中に山積みされている卵をつかむと、英雄に向って投げつけた。

「ワッ!」

英雄の顔に卵は命中して、グシャッと砕けた。

「〈ミスター卵〉でしょ! 好きなだけ食べな!」

亜由美は次々に卵をぶつけて、英雄は銃を投げ出すと、

「助けて、お母様!」

と叫びながら逃げて行った……。


「——じゃ、ドン・ファンがあの霊柩車《れいきゆうしや》に?」

亜由美は、自分を見上げているドン・ファンの方へ、「よくやった!」

「ワン」

得意げなドン・ファンの声に、殿永が笑って、

「警視総監賞ですかな」

と言った。

——今日子が連絡していたので、情報を手がかりに近くまで来ていた殿永が、すぐにこ

の宮前家へ駆けつけて来たのである。

パトカー、救急車もやって来て、大騒ぎだった。

「お騒がせしてすみません」

と、今日子が言った。「私が考え違いをしていました。――人生が思うようにいかないなんて、当り前のことなのに、すぐ投げやりになったりして……」

「いやいや」

殿永は穏やかに、「自分でそれに気付けば立派なものです」

「松本さん……どうしたかしら」

と、今日子は言った。

「お知らせがあったので、旅館の方へ人が行っています。――弟の勇士も」

「そうですか」

――パトカーが一台、屋敷の前に停って、勇士が降りて来た。

「――勇士さん」

今日子は、青ざめた勇士を見て、「お兄さんは……」

「間に合いませんでした」

と、勇士は言った。「旅館の人が救急車を呼んでくれていましたが、首を吊《つ》って、もう……」

「すみません」

今日子はうなだれた。「もっと何か……助ける手だてがあったと思います」

「いや、あなたは何も悪くありません」

と、勇士は首を振って、「あなただけでも無事で良かった」

「勇士さん……」

「兄を赦《ゆる》してやって下さい。——一人では寂しくて死ねないと思ったんでしょう」

「死ぬことはないのに……」

と、亜由美は言った。「ねえ、ドン・ファン」

「ワン」

——勇士がそれを聞いて、ふっと笑った。

「——殿永さん」

と、今日子が言った。「私、罪を犯したんです」

「どういう意味です？」

「文字通りの意味で。——旅館からここまで、ドン・ファンを乗せて、車を運転して来ました。無免許で」

「なるほど。それは重大犯罪だ」

殿永が真面目くさった顔で、「あなたの警視総監賞は取り消しですな」

と言った。

# エピローグ

「やあ、遅いぞ」

と、店長の黒田が言った。「早くキャミソールに着替えて！」

「黒田さん、私、ここを辞めます」

と、今日子は言った。

「何だって？」

「お給料、精算して下さい」

「待てよ。――ね、君のことはニュースや週刊誌で話題になってる。店でも人気ナンバーワンは間違いないぜ。給料、倍にしよう！　それでどう？」

「あなたのバイト代とどっちが高い？」

「俺のバイトって？」

「店で働く子の本名や電話番号を、お金をとってお客へ教えてたでしょう」

黒田が詰って、

「いや、それは……」

「ひどい人！　松本さんだって、何も知らなきゃ、あんなことにならなかったかもしれないんですよ」

今日子は、胸を張って、「私、強くなったんです！」

と言うと、拳《こぶし》を固めて、黒田の顎《あご》へパンチを叩《たた》きつけた。

黒田は大の字になってのびてしまった。

「今日子、凄《すご》いね！」

と、エリが目を丸くする。

「私、ボクサーになろうかしら」

と、今日子は手を振った。


「金田さん！」

亜由美たちが、キャンパスの芝生を駆けて来る。

「亜由美さん。——会えて良かった」

と、今日子は言った。「お別れを言いたかったから」

「どうして？　大学、まだありますよ」

と、聡子が言う。

「でも、あんなバイトをして、事件を起こして……。今日、先生に呼ばれてるの。退学、間違いなしだわ」

「大丈夫」

亜由美がしっかり肯《うなず》いて、「谷山先生から聞きました。お咎《とが》めなしで、奨学金が出るそうです」

「――まさか」

「ありがとう！」

「殿永さんも、大学へかけ合ってくれました」

今日子が亜由美の手を取った。

「お別れを言いたい人が他にいます」

「え？」

――松本勇士が立っていた。

「色々迷惑かけて」

と、勇士が頭を下げる。

「とんでもない……」

今日子はじっと勇士を見つめて、「私を――赦して下さる？」

「今日子さん」

今日子が突然、勇士を抱いてキスした。

亜由美と聡子は目を丸くして、

「やる！」

「聡子。——キャンパス内でキスしてもいいんだっけ？」

「あんたも、谷山先生としてるでしょ」

「あ、そうか」

二人は一緒に笑い出した。

「——お邪魔なようよ」

「じゃ、行くか！　次の授業だ」

亜由美と聡子が駆け出して行くのを、今日子はさっぱり気付かずに、勇士と手を取り合っていたのだった……。

# 花嫁は女戦士

# プロローグ

ジープが、ガタガタと音をたてて停った。

まなみは、フッと目をさまして、

「着いたの?」

と言った。

「まなみ、よく眠れるね。こんなに道が悪いのに」

一緒に旅している同じ大学の友人、香子《きょうこ》が呆《あき》れたように言った。

「そんなに揺れた?」

「私なんか、落っこちないように必死でつかまってたよ」

と、香子は言って、「——どうして停ったの?」

と、ジープを運転していた現地のガイドの青年に訊《き》いた。

「ノープロブレム。ダイジョウブ」

と、そのガイドの青年はニッコリ笑って言った。

「もう……。『ノープロブレム』と『大丈夫』以外に、英語も日本語も知らないんじゃない？」

「香子！」

「だって本当のことよ」

確かに、「日本語のできるガイド」というふれこみの割には、ほとんど基本的な挨拶《あいさつ》ぐらいしかできない。

「仕方ないよ。こっちは安上りツアーなんだから」

と、まなみは言った。

「チョットマッテ。――ノープロブレム」

「はいはい」

どうやら「自然の欲求」のせいらしく、ガイドはジープから飛び下りると、茂みの中へ駆け込んで行った。

「――焦ってもしょうがないよ」

と、まなみは言って、ジープから下りる。「見て！　凄《すご》い眺め」

ずいぶん高い場所まで上って来たらしい。

見渡す限りの密林が広がっている。

「いつになったら町に着くの？」

と、香子が体を伸して、「関節が外れちゃうよ」

——清川まなみは、大学の友人、安西香子と二人で、南米のこのB国へ来ていた。

夏休みの課題として、この国に残る遺跡を取り上げようと、こうして二十数時間も飛行機に揺られてやって来たのだ。

この山道を二時間も行くと、その遺跡に着くはずだったが、実のところ、もう三時間以上走り続けている。

「私、もうくたびれちゃった!」

と、安西香子がため息をつく。

「しっかりしてよ。まだ何も見てないじゃないの」

と、まなみは笑って言った。

清川まなみは二十一歳の大学三年生。

海外へは高校生のころからよく出かけ、一人での旅も平気だった。

「まなみは慣れてるからね。私、近所にコンビニがあって、マクドナルドと吉野家がないと生きてけないの」

と、香子はこぼした。

「もうじき目的地へ着くわよ」

と、まなみは慰めて、「ガイドさん、戻って来ないわね」

「帰っちゃったんじゃない？」

「まさか──。あ、戻ったわよ」

茂みがガサガサと揺れて、まなみは、てっきりガイドが戻ったと思ったのだが──。

茂みをかき分け、現われたのは三人の男だった。

まなみと香子は立ちすくんだ。

三人がそれぞれ機関銃やライフルで武装していたのである。

そして、その一人は何とあのニコニコしていたガイドだった。

「すまないが──」

ガイドは驚くほど達者な日本語で言った。「このジープをもらって行く」

「あなた……」

「我々は反政府ゲリラの仲間だ」

「待って。──私たちはどうなるの？」

「ここにいろ。その内、車が通る」

「そんな……」

まなみと香子は手を取り合った。

男たちはジープに乗り込んだ。

「──お願い」

と、まなみが言った。「私たちのバッグ、置いて行って！」

ガイドはちょっとの間まなみを見ていたが、やがてジープの座席に置いてあった二人の荷物を放り投げた。

「——ありがと」

何も礼を言うことはないが、ついそう言っていた。

「悪く思わないで」

と、ガイドが言った。「どうしてもジープが必要でね」

文句なんか、ライフルの銃口の前で言えるわけがない。

「いい旅を」

ジープは走り去った。

「——ふざけてる！」

と、香子が言った。

「命が助かっただけでも良かったよ」

まなみはバッグを拾って、「——ここに立ってても仕方ないね。山を下って行こう」

「遠いよ！」

「途中、車が来たら、乗せてもらえばいいよ。——先へ行っても、上りじゃきついし」

「分った……」

香子はため息をついて、「やっぱりやめときゃ良かった」

まなみは何も言わずに歩き出した。

文句を言っても仕方ないことは、香子も分っているのだ。それでも、あまりのことに何か言わずにはいられないのである。

「――暑い」

と、少し歩いただけで香子は参っている。

まなみより大分太っているので、歩くのは苦手なのだ。

「のんびり行こう。ね？」

まなみだって、ひどく汗をかいている。――水がないことが問題だった。

その辺の流れの水を飲んでも大丈夫かしら？

十五分ほど歩いたとき、二人の後ろから車の音がした。

「車だ！」

と、香子が飛び上り、「ね、停めて！」

「分ってるって！」

ホッとしたまなみだったが、その車が走って来るのを見て、青くなった。

さっきのジープが戻って来たのだ。――どうしたのだろう？

香子も、たちまちしぼんだ風船みたいになってしまった。

まなみと香子は道の端へ退《さ》がった。

ジープが二人の前で停って、

「隊長の命令で戻った」

と、あのガイドの青年が言った。「我々と一緒に来て、食事の仕度などをしてほしい」

「――そんな」

まなみは膝《ひざ》が震えるのを必死でこらえた。「無理です！」

「一人でいい」

と、ガイドが言った。「どっちか一人」

香子がまなみの後ろに隠れて、すがりつくと、泣き出してしまった。

「――どうしても？」

と、まなみは言った。

「命令でね」

ガイドはそう言って、手にしたライフルを立てた。「拒めば、二人とも射殺する」

香子がしゃがみ込んで泣きじゃくる。――まなみは深く息をつくと、

「分りました。私が行きます」

と言った。

「よし」

まなみは、香子の方へかがみ込んで、

「香子。町へ戻ったら、日本大使館へ行って。ね？　分った？」

「まなみ……」

「大丈夫。無事に帰れるわよ」

微笑んで見せ、まなみは香子の肩をギュッとつかむと、「後でね」

と言った。

空いていた席にまなみを乗せると、ジープはUターンして走り去った。

――香子は、幸い一時間ほどして、地元のTV局の取材用の車に拾われた。

ホテルへ戻ったものの、香子は恐怖でパニック状態になっており、B国を出る飛行機が一時間後にあると聞いて、荷物もそのままにタクシーに飛び乗った。

そして、B国を出て、ロサンゼルス経由で日本へ帰国してしまったのである。

帰宅した香子は、そのまま熱を出して寝込んでしまい、まなみのことを話す元気はなかった。――病気が治ったときには、もう事件から二週間もたっていて、

「なぜ黙っていたのか」

と責められるのが怖くて、口をつぐんでいたのだ。

結局、まなみから連絡がないのを心配した両親が香子を訪ねて来て、初めて何が起ったのか分ったのだった。

まなみが反政府ゲリラに連れ去られて、すでに二十日たっていた。

――しかし、間もなくB国はゲリラの攻勢で本格的な内戦に突入。

まなみの父親が現地へ行こうとしたが、ロスから先へ行けず、空しく引き返さざるを得なかったのである。

まなみの消息が知れないまま、内戦は長期化した。

そして――七年の歳月が流れた。

# 1　危い遊園地

「遊園地日和だ」

と、塚川亜由美は言った。

「そんな言葉、ある？」

と、友人の神田聡子がからかう。

「今、作った」

「クゥーン」

と、笑ったのは、亜由美のボディガードを自認（？）する愛犬、ダックスフントのドン・ファンである。

秋の一日、大学は体育祭の代休で、三人は遊園地へやって来た。

「たまにゃ童心に帰るのもいいね」

と、聡子が言った。

「帰る」必要はないんじゃない？——ドン・ファンはそう言いたげに「ワン」と吠《ほ》えた。

「——十一時半だ」

と、亜由美は腕時計を見て、「十二時過ぎると、レストランが混むよね。早めにお昼にしようか」

「賛成！」

ドン・ファンもいることなので、表に並んだテーブルにつき、交替でセルフサービスのランチを取りに行く。

「よく食べるわね」

と、聡子が亜由美の盆を見て言った。

「お互いさまでしょ」

「私の方がカロリーは少ない」

「甘いもん食べてりゃ同じよ」

と、どうでもいいやりとりをして、亜由美は、

「ちょっと手、洗って来る」

と、化粧室へ。

――洗面台で手を洗いながら、

「先生も来りゃ良かったのに……」

と、ぼやく。

亜由美の恋人、大学の助教授、谷山のことだ。本当は一緒に来るはずだったのだが、や

はり向うは大学生と違い、忙しい。

結局、聡子、ドン・ファンと三人で来ることになったのである。

「ま、今度は二人で来よう」

と、亜由美は呟《つぶや》いた。

あのドン・ファンなんか一緒だと、うるさくって仕方ない。

ペーパータオルを取って手を拭《ふ》いていると、ジーパンにブルゾンをはおった若い女性が入って来た。

亜由美は入れかわりに出ようとしたが、

「――ちょっと、時間ある？」

と言われて、

「は？」

と振り向く。「何ですか？」

「少し時間をちょうだい」

「すみませんけど、連れが待ってるもので」

「そう長くはかからないわ」

「でも――」

と言いかけて、亜由美は口をつぐんだ。

その女の手には拳銃《けんじゅう》が握られていたのである。

「声を上げないで。撃つわよ。本物だからね、これ」

亜由美は、これまで何かと事件に巻き込まれて、殿永という部長刑事と親しい。拳銃を見るのも初めてではないので、それが確かに本物らしいことは分った。

「一緒に来てくれる？」

亜由美は黙って肯《うなず》いた。女はニッコリ笑って、

「ありがとう」

と言って、拳銃を持った手をブルゾンのポケットへ入れた。「出て。右へ行くのよ。逃げようとしたら撃つからね」

「分ってます」

——何でこんな目にあうの？

亜由美は嘆きつつ、言われるままにレストランから出た。

聡子とドン・ファンのテーブルは向きが違うので、全く見えない。

「このまま歩いて。柵《さく》に沿ってね」

何だろう、この女は？——強盗とも見えないが。

年齢は二十七、八というところか。日焼けして、スポーツでもやっているのか、バネのありそうな体つきをしている。

「そこから外へ出るのよ」

遊園地を囲む柵が一部壊れていて、亜由美はそこから外へ出た。

車が停っていた。中に男が乗っている。

「――この車よ」

と、女が言った。

男は、日本人ではなかった。中南米あたりだろうか。

二人で何かしゃべっている。――亜由美にはさっぱり分らない。

「後ろに乗って」

と、女が言った。「逃げようとしたら、私が撃つわよ。腕はいいの」

「逃げません」

「じゃ、乗って」

亜由美が、男と二人で後ろの座席に並ぶ。車は女が運転した。

走り出すと、男が亜由美へ、

「すまないね」

と、きれいな日本語で言った。「君に危害は加えない。心配しないで」

「はあ……」

そう言われてもね。

女が男に少しきつい口調で何か言った。――大方、「あんまりしゃべるな」とでも言ったのだろう。

車で十分ほど走ると、木立ちの中に小さな教会があって、そこで車は停った。

「降りて」

女がエンジンを切って言った。

ずいぶん荒れ果てた教会で、今は使われていない様子。

女は、ドアをけとばして開けると、亜由美に中へ入れと促した。

埃《ほこり》っぽいが、一応中は教会らしく整っている。

「――連れて来られてびっくりしたでしょ」

と、女が言った。「別に誘拐して身代金を払わせようってわけじゃないの」

「うち、貧乏ですから」

「貧乏? 本当の貧乏がどんなもんか、あんたには分らないわよ」

と、女は言った。「それはともかく……。お願いがあるの」

「何ですか」

「私たちの結婚の立会人になって」

亜由美は耳を疑った。

「そのために私を?」

「そう。私は必要ないって言ったんだけどね。この人が、宗教上の理由で、どうしてもいなきゃだめだって言うもんだから」

――こんな話、聞いたことない！

「何すればいいんですか？」

「立ち会ってくれりゃいいの」

馬鹿みたい、と思いつつ、何しろ相手は銃を持っているのだ。逆らわない方がいい、と決めた。

――二人は祭壇の前へ進み出て膝《ひざ》をつくと、祈りを捧《ささ》げている。

亜由美は、夢でも見ているのかと思いながら、二人が互いの指にリングをはめて、キスをかわすのを眺めていた。

「――二人が神の前で結ばれたのを、確かに見たわね？」

と訊《き》かれて、あわてて、

「確かに見ました！」

「ありがとう」

女は微笑んで、「ごめんなさい。びっくりしたでしょ」

「割と慣れてます」

と、亜由美は言った。「もう用はすんだんでしょうか？」

「ええ。遊園地まで送るわ」

と、女は言った。

そのとき、亜由美のケータイが鳴り出した。

「何の音?」

「ケータイです。出てもいいですか?」

「ああ。――いいわよ。面白いのね、曲が流れるんだ」

どうやら、あまり見たことがないらしい。

「――もしもし」

「亜由美? どこにいるの?」

「ごめん! あの……トイレで急に気分悪くなって、横になってたの。もう大丈夫。すぐ戻るから、待ってて!」

早口に言って切ってしまう。

「――ありがとう」

と、女は言った。「あなた……名前は?」

「塚川……亜由美です」

「大学生?」

「ええ」

「そう……。いいわね、若くって」

女はそう言って、「もう一つお願いがあるんだけど」

「何でしょう」

「その――ケータイ、譲ってくれない？　いくらするものなの？」

「は……。いえ、お代は結構です！」

何しろ相手は拳銃を持っている。亜由美は自分のケータイをうやうやしく進呈した。

「ありがとう。悪いわね。あんまりお金を持ってないんで――」

と言いかけて、「車の音。――マルセル、見て来て！」

ただごとでない緊張感。――亜由美は、どこか隠れる所はないかと見回した。

マルセルと呼ばれた男は、戸口の所まで行って外を覗《のぞ》くと、

「逃げろ！」

と怒鳴った。

女が亜由美を床へ突き倒した。

そして、自分は並んだ椅子の間へ転がり込む。

次の瞬間、爆発が起って、教会の壁が崩れ落ちた。

亜由美は落ちてくる破片に、あわてて両手で頭を抱え、ひたすら目をつぶっていた……。

「いや、無事で良かった」

と、殿永が言った。

「これで無事って言うんですか」

亜由美は、壁土や埃で全身真白。——けがのないのは、確かに奇跡だった。

「しかし、亜由美さんは実によく色んな事件に巻き込まれる方ですな」

「感心してないで下さい」

——ほとんど元の形を止《とど》めないくらい壊れてしまった教会を見て、亜由美は改めてゾッとした。

「他には誰もいません」

と、刑事がやって来て言った。

「ご苦労」

殿永は首を振って、「その二人組を狙った連中がいるんですね。この爆発は、たぶんバズーカ砲じゃないかな」

「バズーカ砲？　戦争じゃあるまいし！」

「ともかく、その二人が何者か、当ってみましょう。——その前に、一旦《いったん》お宅へ送った方が良さそうですね」

「お願いします。ドン・ファンたち、先に帰ってると思うんだ」

亜由美は、パトカーで自宅へ送ってもらうことになった。

それにしても、あの二人、あの爆発の中を逃げのびたのか。

「男の方は『マルセル』ですね」

「ええ。女の方は分りません。日本人だと思いますけど」

パトカーの中で、殿永は何やらあちこちに指示を出していたが、やがて一息つくと、

「あそこには全く血痕《けっこん》が残っていなかった。あれだけの爆発から無傷で逃げられるというのは、相当戦いに慣れた連中でしょうね」

と言った。

「確かに、私に銃を突きつけてあそこまで連れ出したんですから、腹は立ちますけど、でも私がけがしないようにしてくれたり、そんなに悪い人たちだったとは思えません」

と、亜由美は言った。「それより、あの二人をいきなりバズーカ砲で狙うなんて……」

「普通のヤクザ辺りが持ってるものじゃないですしね。これは何か複雑な背景がありそうだ」

「私、もう係わりたくありません」

と、亜由美は言った。

「もちろん、私もそう願っていますがね」

と、殿永は言った。「どうも、これじゃ、終らない予感があるんです」

そんなことぐらい、亜由美にも分っている。でも、他の人間からは言われたくなかった……。

## 2　テロリスト

「ついにバズーカ砲が出て来たか」

と、聡子が感心した様子で、「この次は、プールに気を付けてね」

「どうしてプールなのよ？」

と、亜由美が洗った髪をタオルで拭《ふ》きながら顔をしかめる。

「きっと、亜由美を狙って、潜水艦から魚雷で攻撃されるよ」

「好きなこと言ってな」

「ワン」

と、ドン・ファンが鳴く。

殿永に自宅へ送ってもらった亜由美。シャワーを浴びて、やっとホッとしたところである。

「それにしても、どうしていつも私が危い目にあうわけ？」

「あ。亜由美、その言い方、ちょっと不公平じゃない？　私やドン・ファンだって、今まで何回も危険をくぐり抜けて来たわ。ねえ、ドン・ファン？」

「クゥーン……」

「哀れっぽい声出してもむだよ」

と、亜由美は言って、舌を出してやった。

ドン・ファンが怒って、

「ワン!」

と、珍しく犬らしい(?)声で吠《ほ》えた。

「──あ、電話だ」

聡子がバッグから自分のケータイを取り出すと、

「あれ? 亜由美からになってる」

「そうだ!」

亜由美は、あの女にケータイを渡したことを、すっかり忘れていた。

何しろ、その直後のバズーカ砲の一発のショックがあまりに強烈だったのだ。

「私、出る」

亜由美は聡子のケータイを受け取って、

「──もしもし」

「あ、塚川さん?」

あの女の声だ。

「そうです」

「無事だったのね。良かった」

と、女が言った。「逃げ出す前に確かめる余裕がなくて。けがは？」

「けが一つしてません。そちらは？」

「私たちも大丈夫。――この番号、お友だち？」

「そうです。使い方、分ったんですね」

「町で、近くにいた女子高生に訊《き》いたら、教えてくれたわ。びっくりしたわ。こんなに小さいのに、色んなことができるのね」

「はあ……」

「私のいる国でも、携帯電話はあるけど、こんなに色んなことできないし、もっと大きくて重いわ」

と、女は素朴に感心している様子。

「――リダイヤルってボタン押したら、〈聡子〉さんっていうのが一番よく出て来たんで、かけてみたの」

「今、ここにいます。――あなた方、どうして狙われてるんですか？　バズーカ砲だったんですか、あれって？」

「信じられないわよね、あなたには。亜由美さん」

「ええ」

「日本じゃ、内戦もないし、飢えて死ぬ人もいない。どこを歩いてたって、地雷で吹っ飛ばされて両足を失くしたりする心配もないしね」

と、女は言った。「でも、日本だって、遠い、ほとんどの人は国の名前ぐらいしか知らない所での戦争に係わってるのよ」

「というと……」

「私やマルセルのいる国では――マルセルって、さっき私が結婚した男の人ね――ずっと内戦が続いてる。政府軍は国民に武力で言うことを聞かせてるわ。その軍備を支えてるのは日本の政府。本当は、貧しい国民の食物や薬を買うための援助で、武器を買ってる。分っていても何も言わないわよ。今の大統領は日本の政治家と仲が良くて、万一、自分の地位が危うくなれば日本でかくまってくれる約束を取りつけてる」

「はあ……」

「それに日本は武器を輸出しないと言いながら、地雷も機関銃も沢山生産してるわ。不況の中で、武器を輸出したくて仕方ないのよ。でも、そうなったら、本当に日本の人は私たちの国の子供たちの血で、手を汚すことになるわ」

そう言って、ふと間が空くと、「――ごめんなさい。亜由美さんにこんなこと言っても仕方ないのにね」

「あの――あなたって日本人ですよね？」

亜由美の問いに、向うは少し黙っていたが、

「――今の私は、もう日本人じゃないわ」

と言った。「ごめんなさい。あなたっていい人だから、つい色々しゃべっちゃう」

「それはいいんですけど……」

「もう、あなたに危害が及ぶことはないと思うけど、もし誰かがあなたの所に来て、どうして私たちと一緒だったのか、って訊いたら、無理に銃を突きつけられて連れてかれたんだって言って。私たちのことをうんと悪く言うのよ。もし私たちの協力者だと思われたら、どんな目にあうか分らないから」

女の口調は真剣そのものだった。

「――分りました」

「じゃあ、亜由美さん。色々迷惑かけてごめんなさい」

「いいえ。あの――」

「何か？」

「そのケータイ、使ってる内、電池が減りますから、充電しないと」

と、亜由美が言った。

「ありがとう」

「いいえ。——気を付けて下さい」

亜由美としては、そう言ってあげるくらいが精一杯だった。

「——はい」

と、亜由美はケータイを聡子へ返して、「誰があの人たちを狙ってるんだろう?」

と言った。


「——この写真を見て下さい」

と、殿永が亜由美の前に一枚の写真を置く。

「マルセルだわ」

「確かですか」

「ええ」

——亜由美は、夜になってから殿永の所へやって来た。

殿永はまずその一枚の写真を見せたのである。

「——この人、どういう人なんですか?」

と、亜由美が訊くと、

「残忍なテロリストだ」

と、別の声が答えた。

びっくりして振り向くと、背広姿の男が立っている。上背があって、がっしりした体格の男だ。

「――あなたは？」

「政府の特殊機関の者だ」

横柄な言い方に、亜由美はカチンと来た。

「変ったお名前ですね。姓が〈特殊〉、名が〈機関〉？　それとも〈特殊機〉〈関〉さん？」

男は笑って、

「面白い子だ。――私の名は原」

「伺って安心しました」

と、亜由美は言った。「このマルセルって人がテロリスト？　本当ですか？」

「B国の反政府ゲリラの幹部の一人だ。密入国したという情報があって、捜している。何か居所について知っていることは？」

「ありません。私、何も……」

「隠すと君のためにならない。奴はB国で市民を巻き込む爆弾テロを何回も実行している」

あの男が……。

「——一緒にいた女のことだが」

と、原は言った。「名前や特徴など、憶《おぼ》えていることは?」

「よく憶えてません」

と、亜由美は言った。「銃を突きつけられてたんです。怖くて、それどころじゃ……」

「よろしい。どうせ日本側の協力者だろう。何か思い出したら、すぐ報告するんだ」

殿永が代って、

「塚川さんは、いつも我々の捜査に協力してくださってますから、ご心配には及びませんよ」

と言った。

「そう願うね」

と言うと、原という男は、サッサと行ってしまった。

「——感じの悪い奴!」

と、亜由美は頭に来ている。「誰なんですか?」

「私もよく知りません」

と、殿永は首を振って、「公安関係の、かなり大物だそうですが」

「税金からお給料もらってるくせに!」

と、亜由美はおさまらない。「大体、逃げた二人のことはともかく、教会にバズーカ砲を撃ち込んだ犯人は？」

「まあ、落ちついて」

と、殿永は微笑んで、「あなたのことは私がよく分っています」

亜由美は、マルセルの写真を見て、

「この人がテロリスト？　信じられないわ」

「もう忘れることですよ」

「ええ」

亜由美は写真を殿永へ返した。

殿永が、マルセルの写真をファイルの中へ戻すと、

「どうです、近くでラーメンでも？」

「食べます！」

と、亜由美は即座に応じた。

「じゃ、待っていて下さい。このファイルを置いて来ます」

と、殿永が行ってしまうと……。

「――あ、これは？」

床に、新聞の切抜きが落ちている。今、あのファイルから落ちたのだろう。

亜由美は拾い上げると、もう大分古そうなその切抜きを見て、

「え?」

と、思わず声を上げた。

そこに出ていた写真。——小さいので、はっきり分らないが、あの、マルセルと一緒にいた女性とよく似ている。

亜由美は、その記事を読んで唖然《あぜん》とした。

〈女子大生、反政府ゲリラに連れ去られる!〉

その見出しが、亜由美の目を釘付《くぎづ》けにした。

「——お待たせしました」

殿永が戻って来る。

亜由美はその切抜きをとっさにバッグへ押し込んだ。

「行きますか」

「ええ! お腹が空《す》いてるんです!」

と、亜由美は元気よく言った。

## 3　母の髪

空家かと思った。

家の中に人の気配がなく、チャイムを鳴らしても、返事がない。

「いないのかな」

と、亜由美は呟《つぶや》いた。

「クゥーン」

ドン・ファンが足下で鳴く。

亜由美が諦《あきら》めて帰ろうとしたとき、玄関に物音がして、

「——どちら様ですか」

と、女性の声が聞こえた。

「あの——突然申しわけありません。塚川といいます。お嬢さんのことで」

玄関のドアが開いた。

もう髪がほとんど白くなった婦人。

「塚川さん……とおっしゃるの？」

「はい。あの――清川まなみさんのお母様ですね」

「そうです」

「ちょっとお話ししたいことが……」

「――どうぞ」

と、傍へ退いて、「散らかっていますけれど……」

上ってみると、散らかってはいないが（これで「散らかっている」と言われたら、亜由美の部屋はどう言えばいいのか）、寒々として、ぬくもりがない。

「――突然すみません」

と、亜由美は言った。

「いいえ。めったにお客様はみえないものですから。お茶でもいれましょうね」

「いえ、お構いなく」

と、亜由美は言って、居間の飾り棚の上の写真に目を止めた。

「――娘のまなみです。一緒に置いてあるのは、夫です」

「ご主人は……」

「亡くなりました。三年前に」

清川敏子《としこ》、というのが母親の名だった。

五十代のはずだが、もう六十をとっくに過ぎているように見える。

「まなみのことで何か……」

「あの――まなみさんが行方不明になられたときの新聞記事などは拝見しました。でも、写真が何分小さくて、よくお顔が分らないんです。もし、アルバムのようなものでもあったら、見せていただけないでしょうか」

「ええ、もちろん。――お待ち下さい」

立って行って、清川敏子はじきにアルバムを手に戻って来た。

「もう、いなくなって七年たちます」

と、敏子はため息をつき、「主人も、『あの子はきっと帰って来る』と言い続けていました」

亜由美はアルバムのページをめくって行った。――大学生らしい姿の写真。

「娘をどこかでお見かけになったとか？」

と、敏子が訊《き》く。「似た人でも……」

「――間違いなく、まなみさんです」

と、亜由美は言った。

「――本当ですか。どこでお見かけに……」

「東京です。今、まなみさんは帰国しておられます」

亜由美の言葉に、呆然《ぼうぜん》としていた敏子は、突然ソファに引っくり返ってしまった。

「ちょっと！　──しっかりして下さい！」

亜由美はあわてて駆け寄った。

救急車を呼ぼうかと思ったが、幸いすぐに敏子は目を開けて、

「すみません！　あんまりびっくりしたもので……」

と、ハァハァと息をつく。

「大丈夫ですか？」

「はい！　──まなみとどこでお会いになったんですか？」

「遊園地です。ちょっとお話しする機会がありまして」

「何てことでしょ！　帰って来ているのに、連絡もよこさないなんて」

と、敏子は首を振った。

「色々ご事情があるんでしょう。──まなみさん、B国のゲリラの男性と一緒でした」

「まあ……。じゃ、まだ捕えられてるんですね。可哀そうに」

まさか、そのゲリラと結婚したとも言えず、

「でも、そうひどい扱いを受けている風でもありませんでした。お元気そうでしたよ」

「そう伺って安心しました！」

と、ニッコリ笑って、「生きていて良かった……」

「お会いになりたいでしょ」

「ええ、もちろん！」

「ケータイの番号が分ります。かけてみますか？」

「はあ……。あの——」

と、敏子がためらって、「今、ここは電話も通じないんです。料金を払わなかったもので」

「そうですか……。じゃあ——私、まなみさんに連絡して、また伺います」

「そんなことまで……。よろしいんですか？」

「任せて下さい！」

と、亜由美は胸を張った。


「良かったね、ともかく」

亜由美は、ドン・ファンと一緒に清川家を出た。

「ワン」

「どこかその辺の公衆電話からかけようか」

自分のケータイを渡してしまっているので、何かと不便である。

——今日は大学が午前中で終り、亜由美はまなみの通っていた大学の事務室へ連絡して、ここの住所を教えてもらったのだった。

そろそろ夕方になる。——亜由美は、電話ボックスを見付けて、中へ入った。

「私のケータイって、何番だっけ?」

自分へかけることはないので、忘れてしまう。

手帳を見てかけると、しばらく呼出音が聞こえて、

「——もしもし」

「あ。——あの、塚川亜由美です」

「あ……どうも」

「清川まなみさんですよね」

少し間があって、

「——誰からその名前を?」

「誰でもありません。昔の新聞の切抜きを見て。——間違いありませんね」

「ええ。でも——清川まなみはもう死んだのよ」

「え?」

「私の名は〈ルネ〉。——B国のゲリラの中ではそう呼ばれてる」

「まなみさん……。ゲリラに誘拐されて、今は仲間なんですか」

「色んなことがあったの。あなたは知らない方がいいわ。身の安全のためにね」

亜由美は少し迷ったが、

「でも、親は親ですよね。私、今、お母様と会って来たんです」

「母と？」

「ええ。日本におられると知ってびっくりされてましたよ。一度ぜひお会いになるべきです」

「母は……元気だった？」

と、まなみが訊く。

「ええ。ただ——お父様は亡くなったそうです」

「父が死んだのは知ってるわ。——そう。母はまだあの家に？」

「ええ。会ってあげて下さい」

まなみはちょっと息をついて、

「分ったわ。——でも、ノコノコ私が家へ帰るわけにいかないの」

「じゃ、私がどこかへお連れします」

「亜由美さん、あなた、どうしてそんなことまで？」

「生れつきです」

まなみは笑って、

「じゃあ、あなたの好意に甘えるわ」

「はい！　いくらでも甘えて下さい！」

「ワン」

「お前に言ってんじゃないの！」

亜由美は足下のドン・ファンに向って言った……。

# 4　捕りもの

「寒くありませんか？」

と、亜由美は言った。

「いえ、大丈夫。――ドキドキしてるんで、寒さなんか感じませんよ」

清川敏子がそう言って、「今、何時ですか？」

「十一時五十分です」

「あと……十分ね」

亜由美は、ベンチから立ち上って、

「ここにいらして下さい。様子を見て来ます」

――公園の中である。

亜由美は、まなみの指示で、真夜中十二時に、この公園へ母親を連れて来ることになったのだった。

「――聡子、どう？」

神田聡子が公園の入口の近くに立っている。

「まだ十分あるけどね」

二人は、ほとんど車の通らない通りを見渡した。

「だけど、亜由美。その人、テロリストの仲間なんでしょ？」

「うん……。でも、七年間もゲリラと一緒にいたのよ。どんないきさつがあったのか、分らないじゃない」

「そりゃそうだけど……。殿永さんに話した方が良かったんじゃない？」

正直、亜由美も迷ったのだ。

「でも、殿永さんはどんなにいい人でも、やっぱり刑事だもの。まなみさんを見付けたら逮捕しなきゃいけないでしょ。当然、偽造パスポートで入国してるわけだしね」

「分るけど……」

「ね、やっぱり、目の前でまなみさんが捕まるのは見たくないの。――ずるいかな」

「私たちのやれることは、親子の対面のセッティングくらいだよ」

「うん」

亜由美は肯《うなず》いた。

すると――思いがけず、雨が降って来たのである。

「傘、持って来なかった！」

「誰も来ないよ」

「木の下へ入って！——私、戻ってるから」

亜由美は、雨の中、あわてて敏子の待つベンチの方へ駆け戻った。

「——濡《ぬ》れました？」

と、声をかけると、

「少しね。でも大したことないわ」

ベンチは、もろに雨がかかるので、敏子はその後ろの木立ちの下に入っていた。

「降るなんて思わなかった……。ハンカチ、使います？」

「いいえ、私も持ってるから大丈夫」

と、敏子は言って、濡れた頭を軽くハンカチで拭《ぬぐ》った。

「クゥーン……」

ドン・ファンも雨をさけていたのだが——。

「何よ、どうしたの？」

亜由美のスカートの裾《すそ》をドン・ファンがくわえて引張る。

「何よ、もう……」

あと数分で十二時だ。

亜由美はドン・ファンに引張られて、敏子から少し離れた。

「——何だっていうの？」

「ワン」

ドン・ファンが一声吠《ほ》える。

「え？」

亜由美は、ドン・ファンの見ている方へ目をやった。

敏子がハンカチで首筋を拭《ふ》いている。

街灯の明りが、ちょうど敏子の髪の毛に当っていたのだが……。

亜由美は目をこらした。

光線の具合か？

いや、しかし……。

雨だ。――雨のせいで……。

敏子の白髪が、黒くなっていたのである。

どうなってるの？

あの白髪がもし白く染めたものだったら……。

なぜそんなことをする必要があるだろう？

「ワン」

と、ドン・ファンが吠えた。

「――まさか」

亜由美は思わず呟《つぶや》いた。

「もう十二時だわ」

と、敏子が言った。

亜由美は、敏子の方へ戻って行くと、

「大丈夫ですか？」

「ええ。——どうして？」

「髪が、黒くなってますよ」

敏子がハッとした。

その様子で分った。

「あなたは敏子さんじゃないんですね！」

と、亜由美が言った。

そのとき、

「ワン！」

と、ドン・ファンが吠えた。

振り向くと、木立ちの間からコートをはおったまなみが現われる。

「逃げて！」

と、亜由美が叫んだ。「お母さんじゃない！」

その瞬間、公園の中が一斉に照明に照らされて、昼間のように明るくなった。

「捕まえろ!」

という声。

木立ちや茂みの中から、何十人もの警官が飛び出して来た。

まなみに向ってワッと飛びかかって行く。

たちまちまなみは取り押えられ、手錠をかけられてしまう。

「こんなことって……」

亜由美は呆然《ぼうぜん》と雨の中に立ちすくんでいた。

「連れて行け!」

と命じているのは、あの原だった。

原は亜由美の方へやって来ると、

「手引きしてくれてありがとう」

と、ニヤリと笑った。

「ひどいわ」

「犯人の逃亡を助けた罪で逮捕してもいいんだぞ。——ま、殿永に免じて見逃してやる」

原は、敏子と名のっていた女の方へ、「ご苦労。役者はさすがに上手《うま》いもんだな」

亜由美は青ざめて、無言だった。

「通称〈ルネ〉。テロリストの幹部の一人さ。これでマルセルの方もつり上げられる」

原はそう言って、「風邪ひくぞ」

と、ちょっと笑って立ち去った。

「――亜由美」

聡子が駆けて来る。

「私、馬鹿だった」

「仕方ないよ。――ね、そう落ち込まないで」

亜由美にとってショックだったのは、殿永がわざと新聞の切抜きを落としておいたのに違いないということだった。

「帰ろう」

と、聡子が促す。

「一人にして。――死にたいわ」

「亜由美……」

「そんなことで死なないで」

と、どこかで声が――。

亜由美が振り向くと――まなみがニコニコ笑って、手を振っている。

「まなみさん！」

「行きましょ。その内、気が付いてここへ戻って来るかも」

「今、捕まったのは？」

「この公園のホームレスの女性。頼んだら、快く引き受けてくれたわ。警官にいつもいじめられてるんで、いい仕返しだって」

まなみは亜由美たちを促して、「向うに車があるわ」

と言った。

亜由美たちは、雨の中を反対側の出口の方へと駆け出して行ったのである。


慣れない道だった。

いや、道などどこにもない。深いジャングルの中だ。

「ルネ」

と、マルセルが言った。「僕が荷物を持つよ」

〈ルネ〉と呼ばれたのは清川まなみ。——このゲリラの仲間内での彼女の呼び名である。

「大丈夫よ」

と、まなみは言った。

「だけど——」

「あなたは、もう銃やら弾丸やら、何十キロもかついでるじゃないの。私はかさばるけど、鍋《なべ》や器だわ。大して重くない」

まなみは足を止めて、「水がないと、何も作れないわ」

「ああ……。ひどい暑さだ」

こんなに蒸し暑いのに、どこにも飲めるような水がない。――腹立たしいような皮肉だった。

まなみの属しているグループは七人。

マルセルの手で連れて来られたまなみが行動を共にするようになって、二年がたっていた。

二年前は十一人いたのだが、二年間で四人が政府軍との戦いで死んだ。

「――何かもめてる」

マルセルが眉《まゆ》をひそめた。

グループが、ジャングルの中で内輪もめを始めていた。

「みんな苛々《いらいら》してるのよ」

「そうだな。――しかし、この辺はよく政府軍がパトロールしてるんだ。聞かれたら大変だ」

マルセルが他のメンバーのもめ事に割って入る。

まなみは、座り込んだ。

全身、汗がじっとりとにじんでくる。

止めようとするマルセルの言うことを聞かず、食ってかかり、何やらまくし立てている仲間たち。

マルセルとは日本語で話せるが、他のゲリラたちはもちろんこの国の言葉で話す。しかし、まなみも二年間行動を共にして、簡単な会話は分るようになっていた。

どうやら、「水を奪いに」危険を承知で政府軍の支配地域に行こうという主張と、「そんなことをしたらみんなやられる」という者と――。

いずれにしても、まなみの決めることではない。

一旦《いったん》腰をおろすと、体の芯《しん》まで疲れ切って、溶けてしまいそうだ。

もう、どうでもいい。――水なんかなくたって。ここでのたれ死にしてしまえばいい……

……。

どうせ、いつかは政府軍に殺される。

「私は仲間じゃありません」

と言ったところで、聞く相手ではない。

二年の間に、まなみは何度も見て来た。

「ゲリラをかくまっただろう」

と文句をつけて（事実かどうかはどうでもいい）、罪のない住民を殺し、物や金を奪う。

若い女がいれば無理やり四、五人がかりで犯す。そして最後は、

「大統領万歳」

と言って、その一家を皆殺しにする……。

それが、「国の軍隊」なのだ。

「反政府」の立場の者にも色々いる。中には初めの志などどこへやら、単なる強盗になっている者もいる。

まなみが行動を共にしている、マルセルの部隊は、辛《かろ》うじて初志を守っていた。

しかし、それがいつまで続くか……。

――ふと、まなみは顔を上げた。

今のは……何の音？

風の向きによるのか、水のはねる音が聞こえている。

「静かに！」

と、まなみが怒鳴ると、みんなびっくりして、一瞬口をつぐんだ。

「あの音……。水があるわ」

マルセルが、

「本当だ！――あっちだぞ！」

と、先に立って駆けて行く。

みんなが一斉に駆け出す。――まなみも、自分の荷物を抱えて、あわてて追って行った。

水だ。水の流れ落ちる音だ。

はっきりその音が近づいてくると、もう疲れ切って、これ以上一歩も歩けないと思っていたのに、急に元気が出てくる。

深い木立ちの中を駆け抜け、背より高い茂みをかき分けて行くと――。

突然、開けた場所に出ていた。

右手に急な岩の斜面があり、そこを豊かな水が流れ落ちている。

「――水だ」

と、マルセルが言った。

なだらかな広場のような場所を横切って、落ち込んだ足下を覗き込むと、流れ落ちて来た水が澄んで、大きな池を作っていた。

「やった……」

「おい！　飛び込もう！」

みんな口々に歓声を上げ、肩にかけていた機関銃やナイフなどを外すのももどかしく、その場へ投げ出しておいて、池に向ってジャンプした。

水面までは二メートルほどで、水しぶきを上げ、みんな次々に飛び込んで行く。

マルセルも飛び込もうとして、

「ルネ。君も来いよ」

と、促した。

「私は、あっちの水が落ちてくる所へ行くわ」

と、まなみは言った。

「どうして。みんな服を着てる」

「そう？」

見下ろすと、飛び込んだ仲間たちは、水の中で服を脱いで裸になっていた。

「――分った」

と、マルセルは笑って、自分も池に向って身を躍らせる。

まなみはかついでいた荷物を下ろすと、食事用の水を大きな水筒に入れるために、水が落ちている辺りへと、岩を上って行った。

落ちてくる水を両手ですくって飲む。――思いがけないほど冷たくておいしい。

こんなジャングルの中では、まず滅多にお目にかかることのない清流である。きっと、どこかの泉から湧き出ているのだろう。

まなみは夢中で水を両手で受けて飲み、落ちつくと、息をついた。水筒に入れなくては。

空の水筒を五つも持って歩いていた。これ全部を一杯にするとかなりの重さである。

しかし、これで元気を取り戻せば、男たちも持ってくれるだろう。

池の方を見下ろして、まなみは苦笑した。みんなが次々に素裸になって泳いでいる。
「パンツを失くしたって知らないわよ」
と、まなみは呟《つぶや》いた。
そして——ふとまなみの目は、少し離れた木立ちの間に立ち上る砂埃《すなぼこり》を捉《とら》えていた。
あれは？
砂埃は移動していた。——こっちへ近づいて来る。
あの動きは車かトラックだ。
二年間の経験で、まなみもいくつか生きるために必要なことを学んだ。
ジャングルの中を、ああして車を走らせているのは、まずほとんどが政府軍だ。
こっちへ来る！
マルセルたちは、みんな武器を放り出して水浴びに夢中だ。
このままではみんな殺されてしまう。
まなみは、足下の石を一つ拾って、池に向って力一杯投げた。
幸い、マルセルのそばに石が落ち、びっくりしている。
まなみは両手を振って、
「車が来る！」
と、くり返し叫んだ。

初めはよく聞こえなかったのか、まなみの方へ手を振って見せたりしたマルセルだが、すぐに、まなみの様子でただごとではないと察したらしい。

他の仲間たちへ声をかけ、急いで池から這《は》い上った。

しかし、正にそのとき、まなみの目に、こっちへやって来る政府軍のジープとトラックが見えたのである。

間に合わない！

岩をよじ上って来たマルセルは、政府軍の車を見て、あわてて頭を引っ込めた。

まなみも、高い岩の上に突っ立っていては、政府軍から丸見えだ。急いでその場へ腹這いになって、じっと様子をうかがった。

落ちてくる水に下半身が打たれて、たちまち冷えてくる。しかし、今はそんなことを言ってはいられなかった……。

# 5　裏切り

「君は勇敢だった」

と、マルセルが言った。

「よして」

と、まなみが照れたように、「何も考えてない。夢中だったのよ」

「でも――」

と、亜由美は言った。「逃げ出そうとか思わなかったんですか？　二年間も一緒にいたら、逃げるチャンスもあったんじゃ……」

「そうね」

と、まなみは言った。「でも、逃げてどこへ行く？　ジャングルの中で逃げても、一人じゃ迷って結局死んでしまうわ」

「あ、そうか」

――亜由美たちは、廃屋になった古いオフィスビルの中にいた。

ホテルなどを利用すれば、すぐに居場所を知られてしまう。

むろん、ビルの中は電気も水道もないが、

「ジャングルの中に比べれば天国よ」

と、まなみは笑って言った。「食べるものは、コンビニでいつでも買えるし、トイレや洗面は近くの公園で。ホームレスの人が沢山いて、目立たないわ」

むろん、亜由美たちのいるビルの中は暗いが、表の街灯やネオンの光が入って来て、暗くて困るほどではない。

「東京って明るいのね。こんなに夜中でも明るいんだって、びっくりしたわ。ジャングルの夜なんて、誰かと鼻を突き合わせていても分らないわ。いつか目がさめたら、すぐ目の前に大きな蛇がとぐろを巻いて寝てた。さすがに怖くて動けなかった」

と、まなみは言った。

そして、話を戻すと、

「逃げるにも、政府軍の所へ駆け込んで、『ゲリラに誘拐されてた日本人です』と言ったところで、保護してくれるような連中じゃないもの。それが分ってからは、逃げれば却《かえ》って確実に死ぬ、と思ったの」

古いマットレスに腰をおろして、まなみは淡々と話している。「――もちろん、日本へ帰りたくて泣いたわよ、毎晩。それに……食事の仕度や洗濯といっても、それだけじゃすまないだろうって、初めから思ってた」

「つまり……」

「男たちの相手をさせられるんじゃないかと思ったの。でも、そんなことは一度だけだった。深夜に突然私に襲いかかって来た男がいて、私が必死で抵抗してると、マルセルがその仲間の頭に銃を突きつけて、『今度やったら殺す』と言ったの。――でも、他の人たちは、私が言われた仕事をしている限り、礼儀正しくしてくれたわ」

「ゲリラになった者のほとんどは、家を政府軍に焼かれ、家族を殺されている」

と、マルセルが言った。「目の前で、母や姉妹が兵士に強姦《ごうかん》されるのを見ているんだ。自分はしないよ」

「で――その水場での絶体絶命はどうなったんですか？」

と、聡子が訊《き》く。

「そう。――ともかく、みんなまだやっとパンツやズボンをはいたくらいで、池から上っても飛び出して行けず、じっと息を潜めてるだけ。しかも武器は全部岩の上に放り出してある。正直、おしまいだわ、と思った」

政府軍のジープとトラックが停《とま》り、兵士たちが降りて来るのが見えた。十人――いや、十四、五人もいる。

幸い、マルセルたちの武器は、池の方へ少し落ち込んだ岩の上にあって、兵士たちには見えていなかった。

まなみは、息を殺して冷たい水を浴びながら、兵士たちが笑って何か言い合っているのを見ていた。

やがて兵士たちも池の方へと向って行った。——見付かる！

まなみの頭に、突然ある考えがひらめいた。

迷っている余裕はなかった。

まなみは立ち上ると、ベルトを外し、ズボンを脱いだ。いや、一気に全裸になったのだ。

そして、兵士たちに聞こえるように、わざと大きな声で歌を歌いながら、流れ落ちる水の下に立った。

そして、シャワーを浴びていて全く兵士たちに気付いていないというふりをして、兵士たちの方へ、全裸の後ろ姿を見せつけたのである。

「ヘイ！」

という声がした。

誰かがまなみに気付いて、仲間の兵士たちに呼びかけたのだ。

岩の上で、若い女が裸で水を浴びているのだ。兵士たちは一斉にそっちへ目をやり、まなみが全く気付いていないものと思って、ゾロゾロとそっちの方へ集まって来た。

そしてニヤニヤ笑いながら、水浴びするまなみを「見物」し始めたのだ。

その間に、マルセルともう二人のゲリラがそっと岩の上へ這い出ると、放り出した武器の所まで行き、自動小銃を取り上げた。

そのときになって、まなみは初めて兵士たちに見られていることに気付いたふりをし、振り向いて叫び声を上げると、両手で体を隠しながら身をかがめた。

兵士たちが一斉に大笑いする。

まなみは、マルセルたちが銃を構えるのを見た。

次の瞬間、三人の銃が火を噴いて、兵士たちを一瞬の内になぎ倒していた。

——まなみは、じっとマルセルを見下ろした。

マルセルが濡《ぬ》れた体で、岩の上のまなみに、肯《うなず》いて見せた。

まなみは、あわてて脱いだ服を拾い上げると、びしょ濡れのまま身につけた……。


「——凄《すご》い」

と、亜由美が唖然《あぜん》として、「度胸ありますね！」

「夢中だったわ。兵士たちに見付かれば、みんな殺される——それも、武器を持っていないんだから、捕えられ、拷問されて、一番残酷な方法で殺されるのは分り切ってたし、私だってゲリラの仲間とみなされて、地獄の苦しみだったでしょう」

マルセルが肯いて、

「彼女は、我々全員の命を救ってくれた。僕は、我々のリーダーにこのことを報告した。そして、感謝の気持を表わすために、彼女を日本へ帰すことにした」

「そう聞いたときは、嬉《うれ》しくって泣いたわ。日本へ帰れる、うちへ帰れる、と思ったら、もう跳びはねて回りたかった」

「でも——帰らなかったんですね」

と、亜由美は言った。

「それにはね、ひどい話があるの」

と、まなみは首を振った。

「僕はルネを日本大使館まで送って行ったんだ。大使館のそばで、バイクから彼女を降ろした……」


まなみは、もうズタズタになった自分のバッグを持っていた。

「パスポートはあるね」

と、マルセルが訊いた。

「ええ、大事に持ってた」

「ルネ……。辛《つら》い目にあわせて、すまなかった」

「でも……あなたは私を守ってくれたわ」

「仲間たちも、みんな君に感謝してる。長い二年間だったろう。許してくれ」

「許せるかどうか分らないけど……忘れることはできるわ」

「君は遠い日本へ帰るんだからな」

まなみは、少し間を置いて、

「いえ……。忘れないわ、きっと。あなたのことは」

と言った。

そして、マルセルの頰に素早くキスすると、

「ひげを剃《そ》って！」

と言っておいて、大使館へと大股《おおまた》に歩いて行った。


「――大使館の入口で、『誘拐されていた日本人です。保護を求めます』って、パスポートを出したの。中に入れてくれて、私はもう安全だと思ったわ」


しかし、応対に出て来た大使館員の態度は、まなみの期待に反するものだった。

たった二年前のことなのに、まなみがゲリラに連れ去られたこと自体を知らず、しばらく姿を消して、それからやっと、ファイルを持って戻って来たのだった。

ともかく、まなみは早く家族へ連絡が取りたくて、

「電話させて下さい」

と、何度も頼んだが、

「ちょっと上司と相談しますので……」

と、逃げられてしまった。

まなみが頭に来たのも当然だろう。何しろ結局三時間も、よく分らない状況のまま放っておかれたのである。

夕方になって、やっと少し偉そうな人がやって来て、

「大変でしたね」

と、声をかけてくれた。「明日、帰国できるよう手配しますから、今日はホテルでゆっくり休んで下さい」

ホテル……。大きなお風呂《ふろ》、フワフワのベッド……。

まなみはそれを想像するだけで心が躍った。

家にはホテルから電話しよう。

「ホテルまで送りますから」

と、言われ、まなみはその男について部屋を出た。

大使館を出ると、

「歩いても五分ほどの所ですから」

と言われ、一緒に歩き出す。

そして、百メートルほど行ったときだった。突然、政府軍のジープが走って来て、まなみの前を遮ったと思うと、兵士が二人、両側からまなみの腕を取ったのだ。

まなみはびっくりして、大使館員へ、

「助けて！　何かの間違いよ！」

と叫んだ。

しかし――一緒に歩いていた大使館員は、何も聞こえず、何も見ていないふりをして、どんどん歩いて行ってしまう。

愕然《がくぜん》としているまなみへ、兵士の一人が日本語で言った。

「ゲリラの一味として連行する。我々に協力すれば、無事に帰してやる」

まなみが呆然《ぼうぜん》としている内に、兵士たちは彼女をジープへ乗せようとした。

そのとき、銃声がして、まなみの腕を取っていた兵士の一人が足を撃たれて倒れた。

バイクの音がして、

「ルネ！　乗れ！」

マルセルだった。片手で拳銃《けんじゅう》を発射しながらバイクを走らせて来る。

まなみは兵士の手を振り切り、そのバイクの後ろに飛び乗った。

バイクは人ごみの中を走った。誰も撃って来なかった。

「──どういうことなんですか、それって?」

亜由美も呆《あき》れて訊《き》いた。

「つまり、政権の側としては、少しでもゲリラについての情報や、隠れ場所が知りたいわけね。でも、一旦《いったん》軍へ渡されたら、『無事に帰す』なんて嘘だと分ってたし……」

「ひどいわ!」

亜由美が憤然として言うと、

「私も怒ったわ。そして、本当にゲリラの一員として戦う決心をしたの」

しかし、まなみの口調は淡々としていた。「アッという間に五年が過ぎたわ」

「もう今じゃ、ルネの名はB国中に知れ渡ってるよ」

と、マルセルが言った。「勇敢な女戦士としてね」

「好きで戦ってるわけじゃないわ」

と、まなみは言った。「でも、あそこにいる限り、黙って見てはいられない」

「ワン」

ドン・ファンが「そうだ!」とでも言うように、タイミングよく吠《ほ》えたので、まなみが笑い出した。

「面白い犬ね」

「まなみさん。どうして日本へ帰って来たんですか?」

亜由美の問いに、まなみは少しためらってから、

「あなたは何も知らない方がいいわ」

と言った。

「私のこと、信じてくれないんですか? そうなんですね!」

亜由美が突然ポロポロ泣き出したので、まなみは焦って、

「ちょっと! そういうわけじゃないのよ!」

「私は、今夜のお詫《わ》びに、少しでも力になりたいと思ってるのに……」

「分った。分ったから泣かないで」

「分ってくれりゃいいんです」

ピタリと泣き止む器用さに、まなみも呆れて、

「かなわないわね、あなたには」

マルセルがまなみの肩に手をかけて、

「この人たちは信じていいと思うよ」

「分ってる。ただ、危い目にあわせちゃ申しわけないから」

「子供じゃないんですから」

と、亜由美は言った。「聡子。あんたのケータイ、まなみさんにあげな」

「ええ？　何で？」

「私のケータイを渡してあること、あの偽の母親から、原って奴に伝わってるわ、きっと。使わない方がいい」

「そうか……。じゃ、また買い直すか」

聡子のケータイをまなみに渡し、亜由美は自分のケータイを受け取ると、

「これ使って、ちょっと面白いことやってやる」

「何なのよ」

「いいから」

亜由美は聡子にちょっとウィンクして見せた。

「——でも、まなみさん、日本に帰って来ても、こんな所に……。気の毒だわ」

「大丈夫よ。それに、私たちが危険を冒して日本へ来たのはね、今のB国の大統領がもう失脚しそうなの。国民の支持はとっくに失って、今は政府軍のおかげで大統領の座にいられるって状態なのよ」

「じゃ、もう少しで倒せるんですね」

「ええ。そのために必要なものを見付けに来たの」

「それって、何ですか？」

「具体的なことはまだ言えない。ただ、日本の政府との間に、不正なお金のやりとりがあ

った証拠を手に入れたいの」

「でも、どうやって？」

「これから考えるわ」

マルセルが微笑んで、

「ルネは、どんなときでも楽天的でね。いつも、『そのときになったら考えましょ』って言うんだ。それを聞くと、みんな何だかうまくいくような気がしてくるんだよ」

「だって、いつも明日まで生きていられるかどうか分らない暮しをしてるんですもの。心配してたらきりがないわ」

「まなみさん。私たちでできることがあったら言って下さい」

「ありがとう。そのときはお願いするわ」

と、まなみは言って、「ともかく、仕返ししてやりたいのは、あのとき、私を政府軍へ引き渡した大使館の奴！」

「名前とか分ってるんですか？」

「もちろん」

と、まなみは言った。「徳山浩三郎《こうざぶろう》。――今の外務大臣よ」

# 6　再会

つい、声が大きくなるのは、大学時代、応援団にいたせいだ。

「『人違いでした』ですむと思ってるのか！」

厳しい叱声《しっせい》が、閉じたドア越しに聞こえて来て、涼子は思わず足を止めた。

外務大臣になってから、お父さん、怒ることが多くなった、と涼子は思う。

もっとも、一人娘の涼子に向って怒鳴ることなど決してないのだが。

「——ともかく、何としてもあいつらを見付けるんだ！」

と、父、徳山浩三郎は言っていた。

涼子はテストがあって、夜中まで起きていた。——午前三時を回って、そろそろ寝ようとして、お茶を飲みに階下へ下りて来たのである。

父の仕事部屋から、突然父の怒声が聞こえた。相手は誰だろう？

自分のスリッパの音が中に聞こえて、立ち聞きしたかと思われるのもいやで、涼子はそっと音をたてずにドアの前を通り過ぎた。

そのとき、父の声がもう一度聞こえて来たのだ……。

——仕事部屋のドアが開いたのは、五分ほどしてのことだった。

台所で、お茶を飲んでいた涼子は玄関の方へと出てみた。

「——涼子。起きてたのか」

父、徳山が言った。

「明日テストなの」

と、涼子は言って、「原さん、今晩は」

靴をはいていた原は、

「どうも、お嬢さん」

と、少し引きつったような笑みを浮かべて言った。

「こんな時間までお仕事？　大変ね」

「任務ですから」

と、原は言って、「では、大臣、失礼します」

「うん。よろしく頼むぞ」

と、徳山が念を押した。

原が帰って行く。

涼子は玄関の鍵《かぎ》をかけた。

今、徳山は大臣なので、マンションの一階出入口の所に仮設の交番ができていて、常に警官が詰めている。

「原さん、何の話？」

と、涼子は訊《き》いた。

「お前は知らなくていい。早く寝ろ。明日、起きられなくても知らんぞ」

と、徳山は言った。

「平気よ、これぐらい」

涼子は、何とか平静を装っていた。――いや、自分ではいつも通りにしているか、自信がなかったのだが、父は別に気にもしていない様子だ。

「――じゃ、寝るわ」

「ああ」

「お父さんは？」

「俺は、まだ少しやることがある」

「こんな時間に？」

「大臣ってのは忙しいのさ」

「年寄りは、あんまり眠らなくても大丈夫なのよね」

涼子の言葉に、徳山は笑って、

「口の達者な奴だ」

と言った。

「おやすみ」

「ああ、おやすみ」

涼子が居間を出て行くと、徳山は自分の個人用のケータイをポケットから取り出し、リダイヤルボタンを押した。

「もしもし」

不機嫌そうな声が出る。

「遅くなってすまん」

「何時だと思ってるの？」

「だから謝ってるじゃないか」

と、徳山は言った。「忙しかったんだ」

「分ってるけど……。たまには私のための時間も作ってよ」

「ああ、そのつもりだ。明日の夜、どこかで飯を食べないか」

「午前三時じゃ、私、飢えて死んじゃう」

「九時までには必ず体を空けるよ」

「じゃ、待ってるわ。迎えに来てね」

「ああ、必ず行く」

徳山は、やっと相手のご機嫌を回復させてホッとした。「——なあ香子、来月パリに行くんだ。向うで落ち合わないか？」

「パリ？　何日ぐらい？」

「自由な日は二日間くらいしかないが、夜は空けられる。ファーストクラスを取ってやるから」

「うーん……。考えとくわ。私だって仕事があるのよ」

「何とか休めるだろ。一週間くらい」

「休めないこともないけど……。ヴィトンの本店に寄りたいな」

「どこでも連れてってやる」

「本当？」

——徳山が、いかにもニヤついた声を出してしゃべっているのを、涼子は廊下で聞いていた。

確か二十七、八のOLだ。香子という名だけ、涼子も知っていた。

涼子の母はもう十年以上前に亡くなっていて、徳山は以来独身だ。だから、誰と付合っていようと、涼子には文句を言うつもりはなかった。

父のたてる、嬉《うれ》しそうな笑い声。

あれも、ストレスの解消なのか。

涼子は自分の部屋へ戻って、ドアを閉めた。

――ショックから、まだ立ち直れていなかった。

父が原に向って言った最後の言葉。あの言葉が、涼子の頭の中でまだ響いていた。

「いいか、あの二人を見付けたら、生かしておくな。その場で殺すんだ。理由は何とでもつけられる」

父は、そう言ったのだ……。

「本当に知らないんだな」

と、原がくり返した。

亜由美は、無表情に原を眺め、

「ビデオテープじゃあるまいし、くり返し再生ですか」

と言った。

「いいか、奴らはB国で罪もない人を何人も殺しているテロリストだぞ。かばったりしたら、君も同罪だ」

「知らないってことと、かばってるってことは両立しないと思いますけど」

――亜由美の家の居間。

騙《だま》されて怒っている原は、亜由美が何か知っていると信じている様子だった。

「君のその態度が気に入らない」

「あら、そうですか」

亜由美は平然と、「じゃ、ここにいるドン・ファンに訊いて下さい。何か知ってるかもしれませんわ」

「君は俺を馬鹿にしてるのか！」

そこへ、母、清美がお茶を運んで来た。

「――お茶でもどうぞ」

「どうも。――お母さんですね。娘さんは、いつもこう反抗的なんですか？」

「反抗ではありません。自分の気持を正直に話しているだけですわ」

と、清美は言った。「日本は思想・信条の自由が保障されている国ですものね」

原はちょっと顔をしかめ、

「そういう『行き過ぎた自由』が、若い者をだめにするんです」

と言った。

清美はニッコリ笑って、

「『行き過ぎた自由』とおっしゃいますけど、『行き過ぎた不自由』より、よほどいいのじゃありません？」

原はお茶をガブッと飲むと、

「——苦い！」

と、何とも言えない顔になった。

「少し葉を入れすぎたかも」

と、清美は澄ましている。

「失礼！」

原が憤然として出て行く。

「——亜由美」

「なあに？」

「玄関に塩まく？」

亜由美は、母親への愛情を改めて強く感じたのだった。

「——遅くなっちゃった。大学へ行かなくっちゃ」

亜由美は急いで仕度をすると、家を出た。

秋晴れの一日である。

足早に歩いていると、

「大学まで送りましょう」

と、声がした。

「殿永さん」

車の運転席から顔を出しているのは殿永だった。

「これから大学ですね」

「ええ」

「送りますよ」

亜由美は首を振って、

「電車の方が早いですから」

と言った。

「しかし――」

「それに、殿永さんにとってもまずいんじゃありません？　テロリストをかばっていると疑われてる女子大生と二人で車に乗ってたなんて分ったら」

殿永はため息をついて、

「怒ってるんですね」

「別に。――自分に怒ってるんです。じゃ、これで」

亜由美は会釈して、また急ぎ足でバス停へと向ったのである。

穏やかな風が吹いていた。

「――清川さん」

と、看護婦が言った。「少しお散歩でもしたら？」

「ええ、そうね」

敏子は肯《うなず》いた。

別に散歩したいわけではなかったのだが、看護婦さんを喜ばせてあげたかったのだ。

それに、まあ、この〈ホーム〉の庭は広くて、気持がいいのも事実である。

「ショールをかけてね。お風邪をひくといけませんから」

「はい、ありがとう……。あら、一緒に来てくれるんじゃないの？」

と、敏子は訊《き》いた。

「今日は、お客様がおいでですよ。お庭で待ってらっしゃいます」

「私にお客？　まあ珍しい」

ともかく、何か変ったことがあるというのはいいことだ。

ここでの日々は快適だが、あまりに単調すぎる。

敏子はショールをかけ、前で合わせて押えると庭へ出て行った。

お客って……。どこにいるのかしら？

敏子はゆっくりと歩いて行った。

他にも何人か、散歩したり、ベンチで日なたぼっこをしている人がいる。

芝生と木立ちの間をゆるくカーブしている散歩道。敏子はそこを辿《たど》って行った。

すると――。

「お母さん」

という声。

今のは？――空耳かしら。

「お母さん」

木のかげから、まなみが姿を現わしたときも、敏子はふしぎとあまりびっくりしなかった。

「まなみ……」

「元気そうね」

と、まなみは言った。

「ええ……。あなたも」

敏子はそう言って、「――やっぱり生きてたのね！」

「ごめんね。連絡したくても、できなかったのよ」

「そんなこと、分ってるわ」

「色々あって……。説明する時間がないわ」

「説明なんていらないわ。――顔をよく見せて！」

「日焼けしたでしょ？」

と、照れ笑いする。

「――大丈夫だわ」

「え?」

「あなたの目。しっかりして、澄んでるわ。ちゃんと一生懸命生きていたのね」

「お母さん……」

まなみは、母を抱きしめた。

そして、涙ぐんだ目で再び母を見つめ、

「長くいられないの。――わけは言えないけど、私、警察に追われてるの。でも、何も悪いことはしてない。本当よ」

「分ってるわ。――じゃ、もう行って。ここへも警察が来るかもしれない」

「うん。――でもね、近々もっと自由に会えるようになるわ」

「信じてるわよ」

と、敏子がまなみの手を握りしめて、「さあ、早く行って」

「うん」

と、まなみは肯いて、「また来るからね!」

たちまち、まなみの姿は消えてしまった。

――今のは幻かしら? 夢でも見たの?

清川敏子は、ゆっくりと散歩を続けて行った……。

# 7　生死を問わず

大学での昼休み、亜由美は聡子と二人、芝生に腰をおろしてハンバーガーをパクついていた。

「谷山先生はどうしたの？　見かけないね」

と、聡子が訊く。

「学会だって。今週一杯、出張中」

「あ、そうか。寂しいね」

「メールでやりとりしてる。どうせ夜はホテルに帰ってるから、電話してるし」

と、亜由美は言った。

そこへ、

「ご一緒してもいいですか」

と、大きな体で、よっこらしょと芝生に座ったのは殿永だった。

「どうぞ」

と、亜由美は冷ややかに、「ここは私の家じゃありませんから、出てってくれとは言えません」

「では、私も失礼して」

殿永は紙袋から〈おにぎり〉を取り出して食べ始めた。

亜由美はそっぽを向いている。

「――いい加減に仲直りしたら？」

と、聡子がため息をつく。

「裏切ったのは、私じゃない」

「お腹立ちはごもっとも」

と、殿永は言った。「あの原が何を考えているのか、分らなかったのですよ。何しろ、〈特殊機関〉と言えば、何でも通ると思っている」

「でも、協力してるんでしょう」

「私も刑事ですからね。清川まなみに違法な行為があれば逮捕せざるを得ません」

と、殿永は言った。「しかし、少なくとも『問答無用』で射殺したりはしません」

亜由美は殿永を見て、

「それって――」

「B国の大統領が指令を出しているのです。もちろん公式にではありませんが」

「あの原なら、平気でやるでしょうね」

「しかも、マルセルとルネの二人を逮捕もしくは射殺した者に、日本円で数千万円の賞金を出すと言っているそうです」

「日本でも？」

「どこの誰にでも、です。〈生死を問わず〉ということは、〈殺せ〉と言っているのと同じですからね」

亜由美は、じっと殿永を見ていたが、

「もし、原があの二人を射殺しようとしたら、どうします？」

と訊《き》いた。

「ここは日本です。西部劇の中とは違う。向うがもし発砲して来たとしても、可能な限り、こちらは撃たずに逮捕するのが筋です」

と、殿永は言った。「警官が銃の引金を引くというのは、チンピラヤクザが銃を振り回すのとは意味が違うんです。とんでもなく大きな責任を伴う行動なんですよ」

亜由美は肯《うなず》いて、

「そう聞いてホッとしました」

と言った。「殿永さんはやっぱり殿永さんだわ」

「しかしね――」

と、殿永はおにぎりを頬ばって、「それには、あの二人を原より先に見付けなくては。

力を貸していただけませんか」

亜由美はすぐには返事をしなかった。

「――殿永さん」

と、しばらく考えてから言った。「あの二人は私たちを巻き込むのを心配してます。どこへ行って何をするつもりか、一切教えてくれていません」

「そうですか」

殿永はため息をついて、「何も起らなければいいんですがね……」

もちろん、亜由美だってあの二人が無事でいてほしいと思っている。

だからこそ、優秀なボディガードをつけておいたのである……。


「ドン・ファン。巻き添えになって、けがしないようにね」

と、まなみが言った。

「クゥーン」

ドン・ファンが甘えた声を出して、まなみの足に鼻先をこすりつける。

「心配してくれるんだ。ありがとう」

と、まなみはドン・ファンの頭をなでた。

「僕だって心配してるんだけどね」

と、渋い顔でマルセルが言った。

「分ってるわ」

と、まなみは笑ってマルセルにキスすると、「私の夫じゃないの。犬にやきもちやかないでよ」

「誰も、やきもちなんか……」

マルセルは肩をすくめて、「大丈夫かい？　用心してくれよ」

「逃げ足は速いわ。心配しないで」

――まなみは、ホテルのウェイトレスの制服を着ていた。

ロッカールームに忍び込んで、ハンガーにかけてあったのを失敬したのである。

「どう？　似合う？」

「ワン」

ドン・ファンの好みらしい。

「あなたはラウンジでコーヒーでも飲んでてね。ロビーをウロウロしてると目立つわ」

「僕のことなんか心配しなくていい」

「このホテルは、アジア、中東の人のお客が多いから、あなたも目につかないと思うわ」

「カレーライスが食べたい」

と、マルセルが言った。「最高の日本料理だよ」

まなみは笑って、

「何杯でも食べて。でも、お腹が苦しくていざってときに逃げられないとか、そういうみっともないことはやめてね。戻って仲間に説明するのに、恥ずかしい」

まなみは腕時計を見て、「じゃ、行くわ」

「気を付けて」

マルセルにもう一度素早くキスして、まなみはロッカールームを出た。

ホテルのレストランフロア。

午後六時半。——そろそろレストランのにぎわう時間である。

まなみは、フレンチレストランへ堂々と入って行って、蝶《ちょう》ネクタイのマネージャーへ、

「おはようございます」

と、にこやかに挨拶《あいさつ》した。

「——おはよう」

マネージャーは、一瞬、「誰だっけ、この子?」という顔になった。

しかし、ウェイトレスの新顔が入るなんて、珍しいことではない。

「君は……」

「まだ名札ができてないんです」

と、まなみは言った。「堀内といいます」

「堀内君ね。まあ、しっかりやってくれ」

「はい。よろしくお願いします」

「先輩について、よく見てね。差し当りは邪魔にならないように」

「はい」

口答えなどせずに、微笑みを浮かべて、「はい」と返事をしておけば、たいていの場合、男性の上司は気に入ってくれる。

「個室のお客様を担当するように言われたんですが」

と、まなみは言った。

「個室？——個室のお客は、大切な方が多いんだよ」

「はい、分っています。私、麻布《あざぶ》のフレンチレストランで五年働いていました」

「ああ、そう。じゃ、分ってるんだね」

マネージャーは、予約帳を開いて、「今、一番奥の個室に徳山様がみえておいでだ」

「徳山様ですね」

「失礼のないように。今の外務大臣でいらっしゃる」

「そうですか！　さすがに一流ホテルですね！」

「まあね。たとえ、アメリカの大統領がフラリと入って来ても、少しもびっくりした顔を見せないで、『いらっしゃいませ』と言えなきゃならないんだよ」

「心しておきます」

まなみは言った。「ご用がないか、伺って参ります」

「うん。くれぐれも失礼のないように」

「はい」

まなみが奥の個室に向って歩いて行くと、キッチンの方から、

「奥の個室のスープです」

と、盆に二つのスープが載って運ばれて来た。

「私、運びます」

まなみはすかさず言って、その盆を受け取った。

——B国でも、ゲリラ活動はジャングルの中と限らない。特に、内戦になって、首都での活動もふえていた。

まなみは、いつでも潜入できるように、ウェイトレスの仕事を実際に学んでいたので、こんな、スープ二つの盆を運ぶくらいたやすい。

個室のドアをノックしておいて、

「お邪魔いたします」

と、個室の中へと入って行った。

——徳山が、若い女性と向い合って笑っている。

五年前の、あのときより一回り太って、徳山はいささか脂ぎった顔をしていた。

相手の女性はドアに背を向けていたので、顔が見えていない。

「スープをお持ちいたしました」

まなみは、徳山の前にスープを置いた。

そして、相手の女性を正面から見たが——。

一瞬、まなみは息をのんだ。

屈託なく笑っている、そのOLらしい女性……。

七年前より、やせているが、それでもややふっくらした顔立ちは、見間違えようもなかった。

——香子！

安西香子だ。

七年前、まなみがゲリラに連れ去られたとき、何もせず、誰にも言わずに帰国してしまった……。かつての「友だち」。

まなみは五年前の日本大使館で、その事実を聞かされたのだ。

恐ろしかったことは分るが、「友情」は一体どこへ行ってしまったのか？　聞いて、まなみが腹を立てたのも当然だろう。

まなみは、スープを香子の前に置いた。

「あ、パンプキンのスープ。私、好きなんだ」

香子が無邪気に喜んでいる。そしてスープ用のスプーンを手にすると、ふとまなみを見上げた。

「どうした？」

さすがに、香子もそれが誰なのか、すぐに見分けた。――アッという声が上った。

と、スープを飲みかけていた徳山が訊《き》く。

「いえ……。忘れてたの、電話しなきゃいけない」

と、立ち上る。

「ここでかけろよ。ケータイ、持ってるだろ？」

「うん。でも――徳山さんには内緒」

「さては男だな？」

と、徳山は笑って、「まあいい。その内、洗いざらい調べ出してやる」

香子が個室を出ると、まなみも、

「ごゆっくりお召し上り下さい」

と一礼して、個室を出た。

「――まなみ」

「シッ」

と、指を唇へ当て、「小声で。――びっくりしたわ」

「こっちのセリフよ！　生きてたのね」

「おかげさまで」

香子はシュンとなって、

「ごめんなさい……。まさかあんなことになるなんて思ってもみなかった」

「もう七年よ。――別に恨んじゃいないわ」

「本当？」

「怒っちゃいるけどね」

少し間があって、まなみは笑うと、香子を抱きしめた。

「――良かった！　きっと生きてると思ってた」

香子は涙ぐんでいる。

いい子ではあるのだ。ただ、いつも誰かに頼っていないと心細くて仕方ない。

「――香子、どうして徳山と？」

「え……。あの……おこづかいもらったりして……」

「見りゃ分るわよ。でも悪いことは言わないわ。あんな男と付合ってると、ろくなことにならないわよ」

「本当に好きなわけじゃないわ。ただ、おいしいもの食べさせてくれるし……」

と、香子は言って、「そう言えば、まなみのことを訊きに来て知り合ったんだ。まなみ、〈ルネ〉っていうゲリラの——」

「私のことよ」

「へえ……。昔から、やるとなったら、とことんやる子だったものね」

「感心してなくていいわ。私、あの徳山に命を狙われてる。殺すか殺されるかなの。香子を巻き添えにしたくない。少し徳山から離れて」

「あの人がまなみを？」

まなみはハッとした、レストランの入口の方から、

「徳山さんはみえてるか」

という声が聞こえて来たのだ。

あの声は、徳山の腹心、原だ。

「殺し屋だわ。じゃ、香子、またね」

「あ、これ——名刺。ケータイが書いてある」

「ありがとう」

原がやって来る。まなみは、

「ではお客様、後ほどご返事を差し上げますので」

と、香子の方へ一礼して、足早に原とすれ違った。

「──安西さんか」

「今晩は」

香子は肯《うなず》いて、「何か徳山さんにお話?」

「すぐすむ。あんたは外しててくれ」

「はいはい。すんだら呼んで」

原が個室の中へ入って行く。

隣の個室は空いていた。

何度かここで食事しているので、香子は個室ごとの間仕切りが取り外し可能な、至ってチャチなものと知っていた。隣の話など、ほとんど筒抜け。

香子は、そっと隣のドアを開けて中へ入って行った……。

# 8　会　見

「一体どこまで行くんだ？」

原は難しい顔で言った。

「この辺なんです」

と、部下がしきりにアンテナをいじっている。

「確か、この近くから電波が……」

夜の道を、車が右へ左へ、電波の強い方へと向って行く。

「空家ばっかりだな」

と、原が車の外を見て、「連中が隠れるには都合のいい場所だ」

「入りました！――この近くです！」

「よし、スピードを落として、ゆっくり行け」

――塚川亜由美のケータイを、〈ルネ〉とマルセルの二人が持っていると分ったので、その発信場所を探っているのだ。

「俺の家の近くだぞ、この辺は」

と、原が言った。「近所にこんな所があったのか」

ピッピッと鳴っていた探知機が、急にピピピ、とテンポ速く鳴り出した。

「ここです！」

「よし。——おい、用意しろ」

「いいんですか？　こんな住宅の並んでる所で」

「空家だ。取り壊しを手伝ってやるだけさ」

と、原は言った。「間違いないんだろうな？」

「はい、確かに、この空家の中から発信されています。ただ……」

と、口ごもる。

「ただ——何だ？」

「どうもかけている番号がめちゃくちゃで。一体何を考えているんだか……」

「七年も日本にいなかったんだ。使い方が分らないのさ。——よし、構わん。景気よくお見舞いしてやれ」

「はい」

車のトランクから組立式のバズーカ砲を取り出すとセットして、

「じゃ……」

「ああ、やれ！」

白い煙を吐いて、砲弾は飛んで行くと、木造の空家の窓を破って中へ飛び込み、次の瞬間、轟音《ごうおん》と共に空家は爆発した。

「——凄《すご》い！」

「小型だが、強力だな」

原はニヤニヤして、「俺にも一発撃たせろ！」

「はあ……」

原が第二発を崩れかけた空家へ撃ち込むと、完全に屋根が崩れ落ち、ペシャンコになった。

「これであの二人もおしまいだろう」

原はその空家の残骸《ざんがい》へと近付いて行った。

「——ワッ！」

と、原が飛び上ったのは、ネズミが何十匹も逃げ出して来たからだ。

「ネズミの巣だったんですかね」

「俺は苦手なんだ！」

原が青くなっている。

「何か——引きずってますが」

一匹のネズミが、何やら首に紐《ひも》でくくりつけられたものをせっせと引きずっている。

「あれ……ケータイです！」

「ネズミが？」

部下がその紐を切ってやると、ネズミはやっと身が軽くなって、あわてて駆けて行った。

「これ……ネズミが上にのっかってボタンを押してたんじゃないですか」

「何だと？」

原は、そのケータイを手にして、「ふざけやがって！」

「じゃ、ここにはいなかったってことですかね」

「畜生！」

原はそのケータイを放り投げた。

すると——わずかに立っていた奥の壁が崩れて……。

原は、目を見開いて、

「俺の家だ！」

あちこち回って来たので、気付かなかったのだ。——原の家の塀が、爆発で吹っ飛んでいる。

そして、目の前で原の家の壁がガラガラと崩れると、

「キャーッ！」

そこは浴室で、バスタブの中で呆然《ぼうぜん》と突っ立っている裸の女が悲鳴を上げた。

「女房だ……」

と、原は呆然と呟《つぶや》いた。「おい、風邪ひくぞ!」

「大臣」

と、記者の一人が手を上げた。

「どうぞ」

徳山は仏頂面で言った。

——定例の記者会見だが、いつもと空気が違う。

その点は、徳山も感じていた。

いつもなら、大臣の方のコメント——むろん、部下がこしらえたものだ——を読み上げて、記者の方はせっせとメモして終了。

今どき、政府にかみつく骨のある記者などいない。新聞記者に「ジャーナリスト」の自覚などゼロ。単なる「高給取り」のサラリーマンである。

「住宅街で起った爆発について、大臣の指示により、バズーカ砲で攻撃したという話がありますが」

と、記者が言った。

「何を馬鹿な!」

と、徳山はムッとして、「日本は平和なんだ。どうして町中でそんなことがあるんだ?」

「では、B国の反政府ゲリラが日本に潜入して、大臣がその暗殺を指示されたということは？」

「事実無根だ！」

——まずいことに、自宅の前で呆然としていた原が、駆けつけた警官に逮捕されてしまったのである。

連行された後、徳山に連絡するのに手間どり、記者やマスコミの耳に入ってしまい、ニュースで流れた。

大体、車にバズーカ砲を積んでいたというだけでも大ニュースである。

やっと事態を知った徳山は、手を回して原を釈放させ、もみ消そうとしたが、すでにTVなどでニュースが流れてしまっていた。

徳山の不機嫌も当然というものだ。

「——B国で、大統領が首都を脱出したという噂がありますが」

と記者が言った。

「噂などにいちいちコメントはできん」

と、徳山は突っぱねた。

そのとき、秘書が小走りにやって来てメモを渡す。それを一目見て、徳山は息をのんだ。

〈B国大統領、首都を脱出して隣国へ〉

徳山はメモを手の中で握りつぶした。

そこへ――突然、キーンと雑音がして、会見場の中にテープの声が流れた。

「何をやっとるんだ！　この役立たずが！」

紛れもなく徳山の声だ。

「申しわけありません」

「明日までにあの二人を見付けて殺せ！　どんな手を使ってもいい。それができなかったら、お前も消されることになるぞ！」

「待って下さい！　そんな無茶な――」

「何が無茶だ。いいか、もう大統領はおしまいだ。新政権が大統領の不正を暴いたら、大変なことになるんだぞ」

――会場が騒然とする。

「止めろ！　何をしてる！　早く切れ！」

と、徳山が喚《わめ》いた。

テープが止った。

ワッと記者たちが立ち上って、

「大臣！　今のは何の会話ですか！」

「不正というのは？」

「大臣――」

「黙れ！」

徳山は怒鳴った。「今のはでっち上げだ。あれは俺の声じゃない！」

会場はもっと騒然とし始めた。

そこへ――。

「皆さん、聞いて下さい」

と、静かな女性の声が流れた。「私は七年前、B国の反政府ゲリラに誘拐された清川まなみです」

たちまち会場が静かになる。

「私は、〈ルネ〉の名でゲリラの一員としてB国の独裁政権と戦って来ました。ついさっき、大統領は国を捨て、隣国へ脱出しました。日本へ亡命を求めています。腐敗した政権と結んで、利益を得ていた政治家が、日本に何人もいます。ぜひその事実を追及して下さい」

徳山が真赤になって、

「早く捕まえろ！」

と怒鳴った。

「行こう！」

マルセルがまなみを促す。

二人は、調整室を飛び出した。

出がけに、まなみは係の男性に、

「失礼しました」

と、声をかけた。

「どういたしまして」

係の男性はニコニコして、「左へ行って細い通路を出ると、逃げやすいですよ」

「どうも」

しかし、マルセルが足を止めた。

たまたま、原がすぐ近くをパトロールしていたのだ。

「見付けたぞ！」

原が拳銃《けんじゅう》を抜く。

「逃げろ！」

マルセルがまなみを押しやる。

そのとき、茶色いものが原の背中を駆け上った。ドン・ファンである。

そして、原の頭の上にのっかると、原の頬《ほ》っぺたへ爪を立てた。

「いてっ！ いてて！ どけ、この野郎！」

原がドン・ファンを払いのける。

マルセルとまなみは通用口へと走った。

ドアを開けて外へ飛び出す。

が、銃声と共にマルセルがよろけて膝《ひざ》をついた。

「マルセル！」

「早く行け！」

ゲリラとして戦って来た中で、「二人捕まるよりも、一人でも生きのびろ」と言われて来た。

まなみはひと言、

「愛してる！」

と言って、駆け出した。

パトカーが行手をふさぐ。

覚悟はしていたが、原に射殺されるのは悔しい。

まなみが駐車場の車のかげに飛び込むと、銃弾が車のボディをかすめた。

逃げられないなら、マルセルといれば良かった。

諦《あきら》めちゃだめ！——ジャングルの中、もっと厳しい状況を生き抜いて来た。

何とかなる……。

まなみが身をひそめていると、

「――まなみさん」

という声にびっくりして振り向く。

若い女性が手招きしている。

「あなたは――」

「私を人質にして逃げて！」

「え？」

「私、徳山涼子です。浩三郎の娘」

「大臣の？」

「はい。父と原の電話を録音したの、私です」

「あなたが……」

「私を人質にして。それなら手が出せないわ。それに、あの男の人も殺されずにすむ」

迷っている余裕はなかった。

まなみは、近付いて来る足音へ、

「止って！」

と怒鳴った。

# 9　狙われて

「もしもし……」

「涼子？　涼子か？」

「お父さん、私」

「大丈夫か！　けがしてないか？」

「うん……。親切にされてる」

「必ず助け出すからな。信じてくれ」

　と、徳山は言った。「そこにいるのか」

「——ここにいるわ」

　と、まなみが替った。

「清川まなみだな」

「五年前にはご親切にしていただいて」

　と、まなみは皮肉って、「あれがきっかけで、私は〈ルネ〉になったの。感謝してるわ」

「あれは俺の意志じゃない。上からの命令だったんだ」

「すんだことはともかく、あなたも崖《がけ》っぷちよ。B国には新政権が生れてる」

「何が望みだ」

「マルセルを死なせないこと。娘さんと交換よ」

「手は尽くしてる」

「大統領への不正な資金提供の証拠を公表すること」

「そんなものは——」

「ないとは言わせないわよ。大統領は、充分安楽な余生を送るだけの資産を日本に持ってるわ。死んで行った仲間たちのためにも、そんなことを許しておけないの」

「待ってくれ」

「また連絡するわ」

　まなみは電話を切った。

「大丈夫かしら」

　と、涼子が言った。「逆探知されてない？」

「今の長さなら大丈夫。——でも、あなたのおかげで助かったわ」

　涼子は首を振って、

「お父さんも以前はあんな人じゃなかったのに。政治家になったころは、よく理想を語ってくれた」

「一旦《いったん》楽な道へ踏み込んでしまうと、元へは戻れなくなるのよ」

「でも、私を失うと思えば……。きっと、またやり直してくれる」

「だといいわね」

まなみは微笑んで、「亜由美さん、この人をよろしく」

「任せて下さい」

人質といっても、自分から人質になったわけだから、逃げる心配もない。——涼子は亜由美の所に居候することになったのである。

「色々ありがとう」

「まなみさんもここにいればいいのに」

「迷惑をかけるわ。それに、この時期にこそ、やっておかなくてはならないことが沢山あるの」

まなみは亜由美の手を握って、それからドン・ファンの方へ、「命の恩人よ、お前は」

と、身をかがめて濡《ぬ》れた鼻先へキスした。

ドン・ファンは、妙な声を上げてフラフラとどこかへ行ってしまった。

深夜の町へ、まなみが姿を消すと、亜由美は涼子へ、

「さ、私たちも出かけましょ」

と言った。

「え？　どこへ？」

「この家には、原がその内やって来るわ。父が会社の保養所へ連れてってくれる」

「保養所？」

「温泉付き」

「温泉大好きなの！」

と、涼子はニッコリ笑って言った。

「お父さん、お願いね」

父、塚川貞夫がやって来ると、

「任せておけ。娘の清らかな心にうたれて、きっと父親も目ざめる日が来る」

「だといいけどね。さ、行って」

「ありがとう、亜由美さん」

涼子を車に乗せ、父が運転して出かけて行くのを、亜由美は見送った。

亜由美のケータイが鳴った。前のはバズーカの砲撃で壊れてしまったので、買い直したのである。

「――もしもし」

「もう行った？」

と、まなみが言った。

「ええ、今父が車で。——でも、まなみさん、いいんですか、本当に?」

「ええ。私が死んだら、あの子は無事に帰してあげてね」

「分りました。でも、せっかく——」

「あの子のおかげで、私は脱出できた。それで充分よ」

「でも、マルセルと交換という話は……」

「あの子なしで、何とかやってみる。失敗してもともと」

と、まなみは言った。「娘を人質にして救い出すのは卑怯《ひきょう》だわ」

「でも……」

「私たちはあの連中とは違う。その一線を守らなかったら、ただの権力争いになってしまうわ。亜由美さんにも、もうずいぶん迷惑をかけてしまったし」

「手伝わせて下さい。一人じゃ無理ですよ」

「ありがとう、でもね……」

まなみは少し考えてから、「じゃ、一つお願いしようかしら」

「何でも言って下さい! バズーカ砲でも盗んで来ますか?」

と、亜由美は勢い込んで言った。


エレベーターを出て、徳山はロビーを見回した。

ホテルの一室で、B国の大統領の亡命について、対応を協議して出て来たところである。

原がやって来る。

「車を玄関へ回しますか」

「いや、駐車場へ行く。人目につくのは避けたい」

「分りました」

「病院の方は？」

「手配してあります。もしあの女が現われたら……」

「しかし、涼子の身の安全が第一だ」

「それはもう――」

ホテルのフロントから、

「原様」

と呼ばれて、原は振り返った。

「何だ？」

「お電話でございます」

「俺に？」

「女からか？」

と、徳山が冷やかした。「そこのソファにいる」

「すみません」

原がフロントへ駆けて行く。

受話器を受け取って、

「原だ」

「首相だ」

「シュショー？　そんな奴、知らねえな」

「総理大臣だ」

「へえ。じゃ、俺はローマ法王だ」

と、原が言い返す。

「私の声が分らんのか？」

原の顔から血の気がひいた。

「――失礼しました！　まさか……」

「よく聞け」

「はあ」

「徳山は近くにいるか？」

「今、向うのソファに。すぐお呼びします」

「呼ぶな。聞こえてなければいい」

「は？」

「B国の大統領が亡命する。知っとるな」

「はあ」

「徳山は、大統領と日本のパイプ役だった。色々裏であったこと、すべて承知している」

「はい」

「その徳山から事実が洩《も》れると、日本の政界には困る人間が大勢いるのだ」

「はあ」

「徳山のボディガードをつとめているんだな？」

「そうです」

「では、憶《おぼ》えておけ。もし、徳山が狙われるようなことがあれば――」

「命を賭《か》けてお守りします」

「違う。守るな」

「――は？」

「守るふりをして、何もするな。分ったか」

「しかし……」

「もし、大統領が日本へ着くまで、徳山が無事だったら、お前が徳山を撃て」

原は唖然《あぜん》とした。

「──聞いているか？」

「はい。しかし……」

「辛《つら》いだろうが、それが国のためだ」

「はあ」

「任務を果したら、お前には長官クラスのポストを用意してやる」

原は頰を紅潮させた。

ソファに座って、徳山はロビーをにぎやかにおしゃべりしながら通って行くセーラー服の少女たちを眺めていた。

涼子……。

徳山の中では、涼子はあの高校生ぐらいから大きくなっていない。

必ず助け出すぞ。

──しかし、徳山は奇妙な安心感を持っていた。

あの女──清川まなみは決して涼子を殺したりしないだろう。

たとえ自分が殺されても。──そういう女だ。

ポケットでケータイが鳴った。

「──もしもし」

「徳山だ」

「〈ルネ〉よ」

「話は何だ？」

「娘さんは大丈夫。別の件よ」

「別の？」

「忠告しておこうと思ってね」

「何のことだ」

「用心しなさいよ。あなたは政界でも大きな後ろ楯《だて》がいないわ」

「何だと？」

「B国の政権が崩壊して、これから大統領の不正追及が始まる。大統領と一番親しかったのはあなた」

「だから何だ」

「分らないの？　よく今までやって来られたわね」

と、まなみが言った。「今、あなたは一番危険な爆弾なの。扱いを誤れば、今の政界のトップが何人も吹っ飛ぶ」

「何の話か――」

「あなた、消されるかもしれないわ」

「娘さんも気の毒でしょ、そんなことになったら。だからご忠告したのよ」

「いい加減なことを」

と、徳山は苦笑した。

「ともかく、ご用心なさい」

「おい。――もしもし！」

切れている。

徳山は腹立たしげに、

「ふざけたことを！」

と言って首を振った。

原がやって来る。

「どうした？　すんだのか」

「はあ」

「何だ。どうした？　様子が変だぞ」

「いえ、何でもありません！」

「女に振られたか」

と、徳山は笑って、立ち上った。

二人はエレベーターで駐車場へ下りて行った。

運転手が車のドアを開けて待っている。

徳山は車へ乗り込もうとして——。

突然、激しい銃声が響いた。地下の駐車場なので、派手に音が響いて、どこで鳴っているか分らない。

徳山はあわててコンクリートの床へ伏せた。

続けざまに銃声が響く。

「一人じゃないぞ！——おい、車を出せ！」

徳山は車の中へ這《は》うようにして入ると、「早く出せ！　防弾ガラスだ」

しかし、肝心の運転手はどこかへ逃げてしまっている。

「原！——おい、原！」

何してるんだ？

急に、静けさが戻った。

徳山はそっと頭を出して、周囲を見回した。——どこかで車の音がした。

逃げたらしい。

「おい！　どこにいる！」

と、徳山が怒鳴る。

「はい……」

運転手がこわごわ現われた。

「何してる！　車を出せ」

「はあ」

「原はどこだ？」

足音がして、原がやって来た。

「ご無事ですか」

「どこへ行ってたんだ？」

「犯人らしい人影を見て、追っていました」

「逃げたのか」

「残念ながら。——お守りする方が大切と思って、深追いしませんでした」

原は息も弾ませていない。

徳山は座席に身を委《ゆだ》ねると、

「行くぞ」

と言った。

——徳山の車が駐車場から出る。

「おい」

と、徳山は言った。「停めろ。――妙な匂いがしないか？」

「気付きませんが」

「見てみろ。こげくさい」

原が車を降りて、

「――何ともないようですが」

妙だ。

徳山は運転手へ、

「一旦《いったん》車を出よう。――車を替えてくれ」

と言った。

徳山と運転手が車を出ると――突然車の下に炎が広がり、たちまち車は火に包まれてしまった。

「おい……」

何を言う間もない。

車は燃え続け、唖然《あぜん》として、徳山は一一九番へ通報することさえ忘れていた……。


「もしもし、亜由美です」

「ご苦労さま」

と、まなみが言った。

「今、ホテルの外ですけど」

「どうだった？」

「派手に花火を鳴らしてやったら、てっきり狙撃《そげき》されたと思い込んだみたい」

「それで結構。ありがとう」

「でも、変なんです」

「というと？」

「あの原ってのが、さっさと姿を隠しちゃって。おさまってからノコノコ出て行って。あれじゃ、全然役に立ってません」

「まあ……」

「しかも、外へ出たところで車が燃えちゃったんです。乗ってた人間は無事でしたけど」

「それって……。本当に徳山が狙われてるんだわ」

と、まなみは言った。

# 10　背信

「無事着陸しました」

と、原が言った。「十分ほどで出てみえると思います」

「そうか」

徳山は難しい顔で肯《うなず》いた。

――成田空港の到着ロビー。

B国の大統領――正しくは元大統領だが――を乗せたジャンボ機が、ゆっくりとゲートへ入って来る。

「マスコミをあまり近付けるな」

と、徳山が言った。

「はあ、指示してあります」

原が肯く。

徳山は、飛行機の乗客が出て来るのを見ながら、

「おい、原」

「はあ」

「今度お前は人事局へ異動になった」

「――は？」

「ご苦労だった。これからは危いこともない。のんびり停年まで過すんだな」

原が啞然とする。

「大統領だ」

と、徳山は言って、手を振った。

口ひげをたくわえ、サングラスをかけた背広姿の男が、徳山に気付いて手を上げる。


「あれだわ」

と、亜由美は言った。

「いつも写真だと軍服よね」

聡子が言った。「――やる？」

「あとはボタンを押すだけ」

「ワン」

「あんたじゃ、ボタンは押せないでしょ」

「ワン」

ドン・ファンが抗議した。

マスコミも大勢来ていた。——到着便は秘密にされていたのだが、どこからか洩れていたのだ。

TVカメラが一斉に大統領へ向き、カメラのフラッシュが光る。

少し離れて立っていた亜由美は、リモコンのボタンを押した。

トイレにセットした花火が派手な音をたてて破裂すると、

「伏せろ！」

「銃だ！」

と、声が上る。

ロビーは大騒ぎになった。

「どこだ？」

徳山は、ロビーの椅子のかげに隠れていた。

「動かないでいて下さい」

と、原が言った。「大丈夫です。大統領もあちらに」

ロビーを警官やマスコミの人間が駆け回っている。

原は、徳山のすぐ後ろにいた。

誰もが、銃声のした方に気をとられている。

原は拳銃《けんじゅう》を抜いた。そして、銃口を真直ぐ、徳山の後頭部へと向けたのである。

バンバン、と再び銃声が響いた。

今だ！――原は引金にかけた指に力をこめた。

「――花火だ！」

と、警官が怒鳴った。「音だけだ！」

ロビーにホッとした空気が流れる。

「人騒がせなことだ」

徳山は起き上って、「おい、原。大統領の様子を――」

と振り向いて、

「どうした？」

と、目をみはった。

原が右手から血を流して呻《うめ》いている。

「――徳山さん」

と、拳銃を手にした男がやって来ると、「殿永といいます」

と、身分証を見せ、

「今、この男があなたを撃とうとしていたので、やむなく右手を撃ちました」

「原が？」

「でたらめだ！」

原が右手を押えながら言った。「俺がどうして──」

「むだですよ」

と言ったのは、亜由美だった。「このビデオに、ちゃんと写ってる。あんたが銃を徳山さんの頭へ向けてるところがね」

と、小型のビデオカメラを見せ、

「今、再生してみる？」

徳山は青ざめて、

「お前……。俺を殺そうとしたのか！」

「お分りでしょ、理由は？」

と、亜由美が言った。「死なないことですよ。死んだら涼子さんが悲しみます」

「涼子……」

ロビーをやって来る娘を見て、徳山は駆け出していた。

「殿永さんって、銃を撃てるんだ」

と、亜由美が見直した様子。

「まんざら、捨てたものでもないでしょう？」

「ワン」

と、ドン・ファンが吠《ほ》えた。

やっと異変に気付いたマスコミが、一斉に徳山と原の方へ押し寄せて来て、B国の元大統領はすっかり忘れ去られているのだった……。

# エピローグ

病室のドアを開けて、

「どう？」

と、亜由美が顔を覗《のぞ》かせた。

「やあ」

ベッドでマルセルが微笑む。

「ずんぶん顔色が良くなった」

亜由美とドン・ファンが入って来る。

「おかげさまで」

「日本語、上手ね」

と、亜由美は笑った。

「毎日、血がふえてくる感じだ」

「その調子。――はい、フルーツ」

「ありがとう」

病室のテレビに、あの〈元大統領〉が映っていた。

「今日の飛行機でB国へ送還されたって」

と、亜由美が言った。「向うで裁かれるのね」

「当然だ。国民をあんなに苦しめて来たんだから」

「まなみさん——〈ルネ〉さんは？」

「忙しくしてるさ。今度の政権だって、一歩間違えば同じことになる」

「〈ルネ〉さんが入閣すればいいのに」

「断ったそうだよ。外にいて、目を光らせてる方がいいって」

「まなみさんなら怖そう」

「全くだ」

と言って、マルセルは笑った。

——徳山が告白した、B国との不正な取引きは、政界を正に「吹っ飛ばした」。

日本からの「援助」は、専ら大統領とその一族、軍人だけに渡り、民衆には全く無益だった。

徳山の話がマスコミに出ると、政府首脳は一斉にB国の元大統領を非難し始めた。

「援助が流用されていることなど、全く知らなかった」

というわけだ。

そして、B国の新政府の要求に応じて、さっさと元大統領を送り帰してしまった。

日本にいられては困るというわけである。

まなみは、早々にB国へ戻り、政治の混乱を少しでも小さくするために駆け回っている。

「――君には世話になった」

と、マルセルが言った。「いつか、B国へ遊びに来てくれ、平和になったらね」

「ええ」

病室の電話が鳴って、マルセルが手を伸して取った。

「――もしもし？――ルネか！――うん、元気だよ」

マルセルは目をパチクリさせて、「女？――今、病室に女がいるだろうって？――いないよ！　女なんかいない！――本当だってば」

亜由美は、

「凄《すご》い勘だ」

と呟《つぶや》くと、マルセルに黙って手を振って見せた。

マルセルも手を振って、

「――え？――もちろん、愛してるよ、ルネ。君だけを。――心変りなんてするもんか。

――亜由美君？――ああ、もちろんいい子だよ。でも、恋人とか、そんなことはないって。

――え？――ああ、このところ見舞いにも来ないよ。忙しいんだろ。きっと恋でもしてるのさ」

亜由美はそっとドアを開けて病室を出ようとした。そのとき、

「ワン！」

ドン・ファンが元気よく吠えた。

「――え？　犬？――犬の声？――いや、確かに、今ね、亜由美君とドン・ファンが。――嘘をついたわけじゃないよ、ルネ……」

必死で言いわけするマルセルを後に、亜由美は、

「知らないよ、っと」

と、逃げ出した。

ドン・ファンは、せっせとその後を追って駆けて行った……。

# 解説

大多和伴彦

先日、知人のある出版社の女性社長と電話で仕事の打ち合わせをしていたときのことだ。ひとしきり、新企画のアイディアを出し合った後で、

「そういえば――」

と彼女が切り出した。

「娘にね、赤川次郎さんの『三毛猫』シリーズを買ってくれ、ってせがまれてるんですよ」

彼女は三十代半ば。お嬢さんは、まだ小学校の低学年だったはずだ。

折に触れて聞く、愛娘《まなむすめ》の近況から、ミステリーに興味を持っているということは知っていた。学校の図書室に収められている子供向け推理小説シリーズ――三つ子の姉妹と名探偵が活躍する作品や、作中に挿入されるクロスワード・パズルが売り物の人気シリーズなど、年齢がまだ一桁《ひとけた》の子供たちの間でひっぱりだこになっている作品を、むさぼるようにかたっぱしから読破していると母親から聞かされたのはつい最近だったはず……。

子供を持たない私は、最近の子供たちがどれほどの読解力を持っているのか詳しいこと

がわからなかったけれど、自分の経験を思い出しながら、ちょっと懐かしく、そして嬉《うれ》しい気持ちがほんのりとしてきたものだった。

学校の図書室には児童向けにリライトされたシャーロック・ホームズと怪盗ルパンの全集がずらりと並んでいたものだ。乱歩の少年探偵団シリーズもあったけれど、パイプを銜《くわ》えた名探偵とキザなモノクルをした大泥棒が人気を二分していた。小学校という場は、なにかのきっかけで独自の〝流行〟が生まれるところだ。香りつきの消しゴムやリリアンや新奇な遊びがまたたくまに流行《はや》り出して、クラス中が熱狂する――たいていは、「禁止」になってしまうのだが、ホームズとルパンは図書室の本ゆえに、子供たちは〝弾圧〟されることもなく、安心しておのれがどちら派であるかを声高に主張しながら、全集を読破していく。そして――その中から〝大人のミステリー〟を読み出す〝背伸びさん〟が出てくるのだ。

彼女のお嬢さんもそういう時期を迎えたのだろう、と思った。そして、本を読む楽しみを、小説の世界に遊ぶ喜びをそのようにして広げ深めていくことは、なんと幸せなことか――。

そんなことを私は彼女に伝えて、ぜひとも赤川作品を与えてあげて欲しいと勧めた。

女性社長は少し戸惑っていた。赤川作品がとてつもなく多くの読者にこれまで愛されてきたことは、もちろん彼女も熟知していたけれど、やはり大人向けの作品であるという認識を持っていたために、時期尚早ではないのかという一抹の不安を抱いていたようだった。

その点についても、私は杞憂《きゆう》であることを告げた。

赤川作品には優れた特徴がいくつもある。

平易でテンポの良い文章。

犯罪や殺人は扱っているけれど、いたずらに刺激的な描き方をしていないので、読んでいる間はもちろん読後感も爽《さわ》やかであること。

それでいながら、作品で取り上げられているテーマや、赤川氏がそこに込めた問題意識は、つねに今日的でありつつ普遍性を持ったものであること。

扱い方によっては、かなり重たくなるはずのそれらを、さらりと、しかし、しっかりと読む者の心に届くように書いてしまう力を持った希有《けう》な作家であること――そんなことを私はいくつかの具体例を挙げながら彼女に説明していった。

そのときに引き合いに出したのが、本書『花嫁は女戦士』、であった。

元気いっぱいのヒロイン、女子大生の塚川亜由美が愛犬ドン・ファンとともに数々の難事件を解決してきた「花嫁」シリーズ。二〇〇一年の暮れに実業之日本社のJOY NOVELSの一冊として刊行された本書には、いつものようにふたつの物語がセットになって収められている。

一作は「花嫁は心中しない」。いまひとつが表題作である。

「花嫁は心中しない」は、亜由美と同じ大学に通う金田今日子――〈ミス文学部〉に選ばれる美貌《びぼう》を持ちながらも、苦学生であったことから夜の世界でのアルバイトをしていた女性に纏《まつ》わる事件を描いている。

彼女を見初めたあまり、会社の金を横領し、それが発覚するや上司に怪我を負わせて失踪《しっそう》した男に自責の念を感じた今日子は、男の逃避行に同行することを決意する――。

亜由美たちは、ふたりの行動に危ういものを感じて、行方を追うのだが、そこに今日子の故郷からやってきた富豪一族の母息子《おやこ》の妨害にあって（なんと、息子が亜由美にひとめ惚《ぼ》れ。有無をいわさずいきなり祝言を挙げようと彼女を拉致《らち》してしまうのだ！）ユーモアたっぷりに物語は意外な方向へ転がっていく。

私が女性社長への説明に利用させてもらったのは、表題作「花嫁は女戦士」のほうであった。

親友の神田聡子とダックスフントのドン・ファンと〝三人〟で〝遊園地日和（?）〟を満喫していたところを、男女ふたり組にさらわれてしまう亜由美――怪しいカップルは彼女を教会に連れて行き自分たちの結婚の誓いの立会人になれ、と告げた。突飛な申し出と思いつつも、銃を突きつけられては従うほかなく、亜由美はふたりが祭壇の前で交わすくちづけを見届ける。が、その直後、何者かによって教会はバズーカ砲による襲撃を受ける――亜由美を拉致したふたりは〝テロリスト〟だったのだ。

南米のとある国〝B国〟。そこは貴重な遺跡でも知られた国であったが、独裁政権の圧政により民びとは貧困に喘《あえ》いでいた。政府とレジスタンスとの戦いは激化の一途を辿《たど》っていた。亜由美の前に現れたふたりは、反政府ゲリラの闘士として国際的に手配されている〈マルセル〉と〈ルネ〉だった。だが、〈ルネ〉には別の名があった。〈清川まなみ〉――彼女は日本人。七年前、女友達とB国を旅行中にゲリラに拉致されたまま行方不明になっていた女子大生だったのだ。

彼らと関わりを持ったことで亜由美に接触してくる日本政府の特殊機関――しかし、終始紳士的なふるまいをしてくれたゲリラのカップルに対して亜由美は肩入れしたい気持ちに傾いていた。〈ルネ〉こと〈まなみ〉はこう語ったからだ。

「日本じゃ、内戦もないし、飢えて死ぬ人もいない。どこを歩いたって、地雷で吹っ飛ばされて両足を失くしたりする心配もないしね。（中略）でも、日本だって、遠い、ほとんどの人は国の名前ぐらいしか知らない所での戦争にかかわっているのよ」

食物や薬品を買うために送られた日本からの援助金が、独裁政権によって軍備に流用される。それを知りながらも見て見ぬ振りをするこの国の政府。加えて直接、地雷や銃を生産し輸出もしているのだ、と。

この件《くだり》を読んだときに、私はしばしば本を置いて思いを巡らせたものだ。日々発生する目先の出来事ばかりを報道するニュースの中で埋もれていく大切な事柄に自分は思いをいたしているかと。テレビだけでなくインターネットの普及によって世界で起こっている出来事はリアルタイムで目にすることも可能になった。

しかし、一方で、この〝居ながらにして〟という状況は、現場の切実な様子を安全地帯から眺めているに過ぎず、想像力を鈍磨していく。

赤川氏は、そのことに対しての危機感を私たちに伝えてくれようとしたのだろう。

近年、赤川氏の作品に、人口に膾炙《かいしゃ》した氏の作風——ユーモア・ミステリーというカテゴリーでは収まり切れないものが散見されるようになってきている。『さすらい』は言論統制された日本から逃げ出す作家の物語であったし、以前私が解説を書く光栄に浴した作品集『日の丸あげて』の表題作も〝日の丸〟、〝君が代〟、〝盗聴法〟を三題噺《さんだいばなし》風にまとめあげたものだった。また、小説以外の発言集も複数出されている。

母国語すら満足に喋《しゃべ》ることの出来ないくせに〝世界の警察〟を標榜《ひょうぼう》しようとしている超大国のリーダーの再選。そして、それにおもねりへつらうだけの、これもまた言葉足らずのうっちゃり答弁で国民の本当に知りたいことをはぐらかすこの国の宰相——私たちをとりまく世界に漂い始め、日々濃厚になって行く〝きな臭さ〟、〝嫌な感じ〟に赤川氏は強烈な危機感を抱いておいでなのだろう——。

私は、そんな最近の氏の様子を説明しながら、女性社長へ、お嬢さんに赤川ブランドの諸作品をぜひ読ませてあげて欲しいと述べたのだった。

おかげで、彼女との電話はずいぶんと長いものになってしまった。だが、有為の若者(というには幼すぎるかもしれないけれど)が、赤川氏が鳴らす警鐘に耳を傾け、見知らぬ地域の見知らぬ人々のことにも思いを馳《は》せるだけの想像力を培うことが出来れば、少しずつでも何かが変わっていくのでは——そんな祈りめいた私の気持ちは、ひとりの母親に伝えることができたようだった。

読者諸兄姉も、そういう視点で赤川作品と対峙《たいじ》していただけたら、と思う。

二〇〇五年二月

本書は、二〇〇一年十二月に実業之日本社
より刊行された作品を文庫化したものです。

# 花《はな》嫁《よめ》は女《おんな》戦《せん》士《し》

赤《あか》川《がわ》次《じ》郎《ろう》

平成17年 3月25日　初版発行
令和7年 5月15日　4版発行

発行者●山下直久

発行●株式会社KADOKAWA
〒102-8177　東京都千代田区富士見2-13-3
電話　0570-002-301（ナビダイヤル）

角川文庫 13678

印刷所●株式会社KADOKAWA
製本所●株式会社KADOKAWA

表紙画●和田三造


ISBN978-4-04-187978-8　C0193

◆◆◇

# 角川文庫発刊に際して

角川源義

第二次世界大戦の敗北は、軍事力の敗北であった以上に、私たちの若い文化力の敗退であった。私たちの文化が戦争に対して如何に無力であり、単なるあだ花に過ぎなかったかを、私たちは身を以て体験し痛感した。西洋近代文化の摂取にとって、明治以後八十年の歳月は決して短かすぎたとは言えない。にもかかわらず、近代文化の伝統を確立し、自由な批判と柔軟な良識に富む文化層として自らを形成することに私たちは失敗して来た。そしてこれは、各層への文化の普及滲透を任務とする出版人の責任でもあった。

一九四五年以来、私たちは再び振出しに戻り、第一歩から踏み出すことを余儀なくされた。これは大きな不幸ではあるが、反面、これまでの混沌・未熟・歪曲の中にあった我が国の文化に秩序と確たる基礎を齎らすためには絶好の機会でもある。角川書店は、このような祖国の文化的危機にあたり、微力をも顧みず再建の礎石たるべき抱負と決意とをもって出発したが、ここに創立以来の念願を果すべく角川文庫を発刊する。これまで刊行されたあらゆる全集叢書文庫類の長所と短所とを検討し、古今東西の不朽の典籍を、良心的編集のもとに、廉価に、そして書架にふさわしい美本として、多くのひとびとに提供しようとする。しかし私たちは徒らに百科全書的な知識のジレッタントを作ることを目的とせず、あくまで祖国の文化に秩序と再建への道を示し、この文庫を角川書店の栄ある事業として、今後永久に継続発展せしめ、学芸と教養との殿堂として大成せんことを期したい。多くの読書子の愛情ある忠言と支持とによって、この希望と抱負とを完遂せしめられんことを願う。

一九四九年五月三日